Regine Wagenknecht
Ein Treffen in Venedig

AF285979

MIX
Papier aus verantwortungsvollen Quellen
Paper from responsible sources
FSC® C105338
FSC
www.fsc.org

Venedig im Herbst 2006. Die 52jährige Judith lernt ihren leiblichen Vater kennen, von dessen Existenz sie erst wenige Monate zuvor erfahren hat. Sie begleitet ihn, der Venedig auf Goethes Spuren erkunden will, durch die Lagunenstadt, bis sie erfährt, warum Paula, ihre verstorbene Mutter, ihn auf der Hochzeitsreise verlassen und ihr Leben lang über ihre erste Ehe geschwiegen hat.

> Personen und Handlung sind frei erfunden. Historische Angaben und alle sozialen, kulturellen und politischen Gegebenheiten im Herbst 2006 entsprechen der Realität.

Regine Wagenknecht, geboren 1937, studierte Germanistik und Romanistik und unterrichtete lange Zeit an Gymnasien. Sie lebt in Göttingen, hat viele Artikel veröffentlicht und zwei Bücher:

Italienische Lyrik der Gegenwart. Herausgegeben und übersetzt von Franco de Faveri und Regine Wagenknecht. Verlag C.H. Beck München 1980

Judenverfolgung in Italien 1938-45: "Auf Procida waren doch alle dunkel" in autobiographischen und literarischen Zeugnissen herausgegeben und kommentiert von Regine Wagenknecht. Parthas Verlag Berlin 2005

Regine Wagenknecht

Ein Treffen in Venedig

Novelle

Für Francesca

© 2010 Regine Wagenknecht
Herstellung und Verlag:
Books on Demand GmbH, Norderstedt
Layout und Umschlaggestaltung Regine Wagenknecht
ISBN 978-3-8423-2644-6

Am 6. Mai, einem Sonnabend, kam der Postbote zu Judith herauf und fragte nach Frau Katharina Böhm, er habe ein Einschreiben, das nur an die Empfängerin persönlich zu übergeben sei.

Das wird wohl für mich sein, hier wohnt niemand außer mir, sagte sie, merkte aber gleich, dass diese Auskunft dem Mann vor ihr nicht genügen konnte, und fügte hinzu, Katharina ist mein zweiter Vorname. Das reichte dem Postboten immer noch nicht, er verlangte ihren Ausweis zu sehen, alles muss seine Ordnung haben, sagte er.

Ordnung herrschte bei ihr nicht immer, darum fand sie ihre Brieftasche mit dem Personalausweis nicht gleich, stattdessen ihren Pass. Judith Katharina Böhm, las er und verglich misstrauisch das zehn Jahre alte Foto mit ihrem verschlafenen Gesicht. Dann endlich forderte er sie auf zu unterschreiben und gab ihr den Brief, einen grauen Umschlag aus erlesenem Büttenpapier.

Der Absender war ihr unbekannt, ein Dr. Eduard Renner aus Frankfurt, wie auf der Rückseite in feiner Gravur zu lesen war. Schon wollte sie den weichen grauen Büttenumschlag so öffnen, wie sie es immer zu machen pflegte, den Verschluss an der Seite lockern und mit dem Zeigefinger aufreißen, dann besann sie sich, ging in die Küche, holte ein Messer und schnitt den Briefumschlag vorsichtig auf. Er enthielt zwei Seiten Büttenpapier, die mit steilen Schriftzügen gefüllt waren. Sie überflog das Geschriebene, konnte nicht glauben, was da stand, griff nach einer Zigarette, obwohl sie doch nicht mehr rauchen wollte, setzte sich und begann von neuem zu lesen:

„Sehr verehrte gnädige Frau!
Nun, da ich mich an meinem Lebensabend befinde – ich werde demnächst mein 85. Jahr vollenden – suchen alte Erinnerungen mich heim, und der Drang wird mächtig, Versäumtes einzuholen: eine Tochter zu finden, die ich immer geliebt, doch nie gesehen habe."

Wie kann man jemanden lieben, den man nie gesehen hat, von dem man nur weiß, dass er existiert, sonst nichts, dachte sie und schob den Brief beiseite. Dann las sie doch weiter.

„Dass Sie, verehrte gnädige Frau, diese meine Tochter sein könnten, habe anzunehmen ich guten Grund.
Ich war mit Ihrer Mutter, geborene Paula Meyer, verheiratet, bedauerlicherweise nur sehr kurze Zeit. Sie verließ mich während unserer Hochzeitsreise aus Gründen, die darzulegen hier nicht der Ort ist, und ließ kurz darauf unsere Ehe mit der vorgeschobenen Begründung des Nichtvollzuges für nichtig erklären. Ich konnte noch in Erfahrung bringen, dass sie neun Monate nach der Hochzeitsreise ein Mädchen gebar, und auch, dass sie einen Monat vor ihrer Niederkunft einen anderen Mann geheiratet hatte, dessen Name mir aber auf ihren dringenden Wunsch hin verschwiegen wurde. So verloren sich die Spuren meiner geliebten Paula und die meines Kindes.

Vor einigen Monaten nun habe ich eine seriöse Detektei beauftragt, nach dem Verbleib von Mutter und Kind zu suchen. Zu meinem großen Bedauern erfuhr ich, dass Ihre Mutter zusammen mit ihrem Ehegatten Gerhard Böhm im September 2005 verstorben ist. Ich darf Ihnen nachträglich mein aufrichtiges Beileid aussprechen.
Sie, meine Tochter, aber habe ich gefunden."

In mir wird er sie nicht finden, sagte sie laut, ich habe einen Vater, ich hatte einen sehr guten Vater.

Eduard Renner schien mit einem derartigen rein emotionalen Einwand gerechnet zu haben, denn er beteuerte, dass er für sie, nur für sie, einen sicheren Beweis erbringen wolle, dass sie seine leibliche Tochter sei und bat sie „inständig", ihm eine Haarlocke zu übersenden, vermittels derer ein Vaterschaftstest durchgeführt werden solle.

Sie legte den Brief auf den Esstisch, holte aus dem Arbeitszimmer die große Schere, die vor Jahren ihren festen Platz in einem Bücherregal vor Goethes Werken gefunden hatte, und ging ins Badezimmer. Vor dem Spiegel kämmte sie ihr Haar so straff wie möglich nach unten, um überhängende Strähnen zu entdecken, und zog eine hervor, hielt sie der Schere entgegen, die schnappte zu, schief, wie sich bei der Betrachtung des Abgeschnittenen zeigte. Das fiel in ihrem leicht gelockten Haar nicht weiter auf. Sie öffnete den Deckel der Toilette und ließ die Strähne hineinfallen, wiederholte den ganzen Vorgang so oft, bis kein störendes Haarzipfelchen mehr zu sehen war und eine Handvoll blonder Locken in der Toilettenschüssel lag. Dann setzte sie die Spülung in Gang.

„…habe anzunehmen ich guten Grund". Das ließ sie doch nicht los. Einen guten Grund für seine über fünfzig Jahre während Fernliebe hatte der nun zu tätiger Liebe strebende Vater allerdings: Es bestand nicht nur die Namensgleichheit zwischen ihrer Mutter und jener Frau, die während der Hochzeitsreise ihren Mann verlassen hatte. Schwerer wog eine nicht alltägliche Übereinstimmung: Ihre Eltern hatten tatsächlich erst einen Monat vor ihrer Geburt geheiratet. Als Judith das durch Zufall entdeckt hatte – sie war zu dem Zeitpunkt etwa achtzehn Jahre alt – erzählte Paula ihr eine Geschichte, die so rührend und einleuchtend war, dass die Tochter sich wunderte, warum sie nicht schon früher Teil der Familienerinnerung geworden war: Gerhard, ihr Vater, sei nach seinem bestandenen Staatsexamen quer durch Europa getrampt, habe Paula viele Liebeserklärungen auf Postkarten geschickt, sie aber habe ihn nicht erreichen können, als sie merkte, dass sie von ihm schwanger war.

Judith fragte sich, warum die Mutter ihr damals nicht die Wahrheit gesagt hatte, falls denn zutraf, was der sentimentale alte Herr behauptete. Es hätte sie nicht erschüttert zu erfahren, dass der geliebte Papa nicht ihr leiblicher Vater war, der liebevolle, heitere Gerd, er wäre immer für sie ihr richtiger Vater geblieben.

Sich an ihn zu erinnern tat gut, solange nicht das Bild seines Sterbens in ihr erstand. Sie sah es vor sich, so als wäre sie dabei gewesen, einen weiten Strand und graues Meer, über zweitausend Kilometer von ihr entfernt, sah die beiden 77jährigen in den Uferwellen stehen, Gerd warnt Paula, das Meer ist unruhig, geh nicht hinein.

Paula ging doch hinein. Sie hat immer wieder ihre Kräfte überschätzt. Sie schwamm hinaus. Gerd sah sie kämpfen, halb untergehen, wollte sie retten, ging ins Wasser, und da blieb vor Schreck sein Herz stehen. Paula ertrank, und das mochte sich Judith gar nicht vorstellen.

Es tat ihr noch immer weh, an die Mutter zu denken, so viel Bitterkeit war in der Trauer. Sie hat mir den Vater genommen, hatte die Tochter in den Monaten nach dem Tod ihrer Eltern immer wieder gedacht, wusste, wie ungerecht der Vorwurf war und konnte doch nicht aufhören, ihr zu grollen. Nun war noch etwas sehr Irritierendes hinzugekommen, eine Lücke in der Geschichte der Mutter.

Sie holte die drei Schuhkartons, in denen die Mutter ihr Leben mit Fotos dokumentiert hatte, hervor. Die Kartons waren im Laufe der Jahre immer wieder ausgewechselt und schöner geworden, am Ende stammten alle von der gleichen Schuhfirma, ein taubenblauer Deckel, taubenblau auch die Blattranken auf den hellen Kästen. Innen herrschte perfekte Ordnung. Selbstgebastelte beschriftete Mäppchen gaben einen Zeitraum an, und auf den einzelnen Fotos war bis auf den Tag genau ein Datum eingetragen.

Das erste Mäppchen, voll von vergilbten Fotos mit gezackten Rändern aus den Jahren 1928 bis 1938, hatte sich Judith als Kind und auch später immer wieder angesehen, vor allem das letzte Foto, 12. Mai 1938. Es war Paulas 10. Geburtstag: zwei

Mädchen in Festkleidern, eng umschlungen, strahlend. Die mit dem Blumenkränzchen auf dem Kopf war Paula, das andere Mädchen ihre Freundin Judith. Du heißt nach ihr, hatte die Mutter der sechsjährigen Tochter gesagt und Tränen waren ihr in die Augen gekommen. Warum weinst du, später erzähle ich dir das, und später erfuhr Judith, dass ihre kleine Namensschwester in Auschwitz ermordet worden war.

Die Erinnerung an die weinende Paula stimmte Judith so sanft, dass sie das letzte Foto ihrer Eltern in die Hand nahm, das seit Monaten im Bücherregal vor Erich Frieds Gedichten stand. Sie hatte die beiden zum Flughafen gebracht, zu ihrer Reise an die Costa Brava. Freunde wohnten dort in einem großen Haus am Meer, hatten sie seit Jahren eingeladen, wir haben vier Badezimmern, wozu brauchen zwei Personen vier Badezimmer, hatte Paula gesagt und den Brief mit der erneuten Einladung weggelegt. Aber dann blieb sie lange in sich versunken sitzen, bis sie eine Erklärung für die vier Badezimmer gefunden hatte und sie Gerd mitteilte: Sie wollten immer viele Gäste um sich haben. Und keiner ist gekommen. Darum müssen wir sie jetzt besuchen.

Judith betrachtete das Foto lange, spürte die letzten Umarmungen, sah sie vor sich, Paula und Gerd, wie sie sich gerade im Flughafen in die zu den Kontrollen führende Schlange eingereiht hatten, stehen blieben, damit die Tochter sie noch einmal aufnehmen könne: Gerd, leicht gebückt, lächelte, hatte die Hand zum Winken erhoben, Paula, aufrecht, lächelte nicht. Sie musste sich wohl stark zeigen, sich wappnen für das ungewohnte Abenteuer ihres ersten Fluges.

Sie nahm den dritten Karton, dort das letzte Mäppchen und legte das beschriftete Foto – 3. September 2005, Flughafen Hannover – so ein, wie Paula es getan hätte.

Dann machte sie sich im ersten Kasten an die Suche nach der Lücke. Das zweite Mäppchen umfasste einen größeren Zeitraum, von 1938 bis 1953. Im Krieg und in der Nachkriegszeit war nicht viel fotografiert worden. Die letzten beiden Fotos waren vom März 1953, Paula vor einem Baum auf einem Schulhof, „Oberschule für Mädchen Kleine Burg in Braunschweig, Referendarzeit" war hinten vermerkt, das andere zeigte Paula mit einer jungen Frau auf dem Burgplatz in Braunschweig vor dem Löwendenkmal.

Sie griff zum nächsten Mäppchen, vielleicht ging 1953 dort weiter. 1953 ging nicht weiter und 1954 begann im Juli, Paula mit der kleinen Judith, Gerd mit der kleinen Judith, Judith auf dem Wickeltisch, Judith im Kinderbett.

Sie schaute alle Fotos der beiden Mäppchen noch einmal durch, vielleicht war bei der ordentlichen Paula doch etwas in Unordnung geraten. Die Lücke zwischen März 1953 und Juli 1954 blieb, über ein Jahr keine Fotos, nichts, kein fremder Mann, kein Hochzeitsbild.

Im Verlauf des restlichen Tages brachte sie nichts mehr zustande. Die Mäppchen hatte sie sorgfältig wieder eingeordnet, aber Ordnung in ihre Wohnung zu bringen gelang ihr nicht.

Das fiel auch Georg, ihrem Freund, auf, als er am Abend zu ihr kam. Was ist mit dir los, fragte er. Sie reichte ihm wortlos den Brief, verstand nicht recht, warum er bei der Lektüre nur lachte. Da muss ja wohl einiges geschehen, bis du dich der Anrede „Verehrte gnädige Frau" würdig erweist, ein Besuch beim Friseur, bei der Kosmetikerin, im Modesalon, Stöckelschuhe, Seidenstrümpfe, sagte Georg. Du hast doch hoffentlich keine Haarlocke abgeschickt, deine Haare sind kürzer als gestern.

Judith war erleichtert, fühlte sich bestätigt in ihrem Entschluss, den Brief zu zerreißen und der Frage, ob Eduard Renner ihr leiblicher Vater sei, nicht weiter nachzugehen. Aber sie hatte Georg missverstanden. Sie sollte keine Haarlocke abschicken, nur das hatte er gemeint, denn aus einer Haarlocke lasse sich kein sicherer Abstammungstest gewinnen, der alte Herr sei wohl einem sentimentalen Impuls und verschwommenen Krimivorstellungen gefolgt, ohne sich über die Voraussetzungen für einen Vaterschaftstest zu informieren, somit schieden zwei Berufe schon einmal aus, Eduard Renner könne weder Jurist noch Mediziner sein.

Sie verstand nicht, wie Georg auch nur in Erwägung ziehen konnte, dass sie auf den Brief antworten sollte. Es gab doch einen nicht zu widerlegenden Grund, es nicht zu tun: Sie hatte das Schweigen der Mutter zu respektieren.

Doch dann fragte sie sich, warum die Mutter geschwiegen, warum sie ihr nichts gesagt hatte, sie, die der Tochter doch so vieles anvertraut hatte, auch Fehler, die ihr unterlaufen waren und denen sie, immer sehr streng mit sich selbst, in langen Diskussionen nachging. Wenn sie sich etwas hatte zuschulden kommen lassen, wenn sie auch nur Mitschuld an der Auflösung ihrer ersten Ehe trug, dann hätte sie der achtzehnjährigen Tochter die Wahrheit gesagt.

Sie legte den Brief, den sie schon angerissen hatte, wieder auf den Tisch. Noch etwas erschien ihr merkwürdig. Dr. Renner setzte als gegeben voraus, dass die Tochter nichts wusste. Das konnte doch nur heißen, dass es eine Abmachung gab, dass Paula ihm hatte versprechen müssen, niemandem etwas über den wahren Grund der Scheidung zu sagen.

Paula hat ihre Versprechen immer gehalten. Vielleicht hatte sie schweigen müssen, um ihn nicht bloßzustellen, was auch immer er zu verbergen hatte.

Vielleicht, so sagte sie sich und dann auch zu Georg, vielleicht sollte ich der Sache doch nachgehen. Es würde mich nicht loslassen. Ich würde mich immer wieder fragen, warum musste sie schweigen, was hat er ihr angetan.

Für Georg gab es kein Vielleicht in dieser Situation, sie müsse feststellen lassen, ob Eduard Renner ihr Vater sei.

Am nächsten Morgen setzte sie sich nach einem kurzen Blick aus dem Fenster auf das frische Grün der Bäume vor einem grauen Himmel, der keine Hoffnung auf Sonnenstrahlen aufkommen ließ, an den Computer, gab bei Google „Vaterschaftstest" ein und sah als erstes die Anzeigen verschiedener gentechnischer Institute oben auf der Seite. Von 179 € aufwärts war ein Vaterschaftstest zu haben. Sie öffnete eine dieser Anzeigen, Wattestäbchen mit Speichelprobe einschicken, und das war's? Sie suchte weiter und ging auf die Seite des Bundesverbandes der Sachverständigen für Abstammungsgutachten, las die Richtlinien zur Erstellung eines Gutachtens, und da sah es gar nicht mehr so einfach aus, wenn es denn rechtlich unantastbar sein sollte, und das, so befand sie ohne Zögern, sollte es sein.

Sie zögerte aber noch recht lange damit, dem Herrn Dr. Eduard Renner zu antworten, und das hatte zur Folge, dass sie eine Woche später, wieder an einem Sonnabend, um sieben Uhr morgens aus dem Schlaf geklingelt wurde. Ein Eilbrief, ertönte es aus der Sprechanlage, der Bote brachte ihn nicht herauf und Judith überlegte, ob sie dem Gebot der Eile gehorchen, sich einen Bademantel anziehen und den Brief holen oder sich lieber gleich wieder ins Bett legen sollte. Wach geworden war sie inzwischen, also ging sie hinunter und holte den Brief aus dem Kasten, wieder ein grauer Büttenumschlag, den sie im Bett mit dem Finger öffnete. Sie möge ihm seine Ungeduld verzeihen, es dränge ihn, sie, die lang Entbehrte, endlich Tochter nennen zu dürfen, schrieb Dr. Renner, und die Tochter bekam ein schlechtes Gewissen. Zum Schluss bat er um „umgehende" Zusendung der Haarlocke, und umgehend verschwand da ihr schlechtes Gewissen.

Dennoch schrieb sie ihm noch am Vormittag einen Brief, in dem sie ihre Bedenken gegen die „Haarlocke" mitteilte und ihm ankündigte, dass sie ihm noch im Laufe der kommenden Woche den Namen eines rechtsmedizinischen Institutes in Frankfurt nennen werde. Die dort gewonnenen Testergebnisse würden dann an ein entsprechendes Institut in Göttingen weitergeleitet und mit ihren verglichen.

Am Montag rief sie nicht im Rechtsmedizinischen Institut an, auch am Dienstag nicht, dachte an die Mutter, die immer sofort erledigt hatte, was zu erledigen war, nichts aufschob, nichts liegen ließ, die mit festen kleinen Schritten durch ihre Welt ging, so als habe sie Angst, sonst den Boden unter den Füßen zu verlieren. Sie durfte nie gestört werden, wenn sie las oder am Schreibtisch saß und Arbeiten korrigierte – das war noch verständlich –, aber noch nicht einmal, wenn sie in der Küche war und kochte, auch da war es Judith allenfalls erlaubt, stillschweigend Petersilie zu hacken. Wenn der heitere Papa nicht gewesen wäre, hätten Paulas viele strafende Blicke sie ganz klein werden lassen, dachte Judith manchmal und wusste doch, dass das nicht stimmte.

Am Donnerstag ließ sie sich endlich einen Termin im Rechtsmedizinischen Institut geben, schrieb, damit sie nicht wieder am frühen Morgen von dem Eilboten aus dem Bett geklingelt würde, einen kurzen Brief an Dr. Renner, in dem sie die Verzögerung mit einer Erkältung erklärte.

Am 1. Juli, ihrem 52. Geburtstag, wurde ihr rechtskräftig bestätigt, dass Eduard Renner ihr leiblicher Vater sei. In Frankfurt musste das Ergebnis des Vaterschaftstests inzwischen auch eingetroffen sein und sie wartete auf eine Nachricht von Dr. Renner, schreckte bei jedem Telefonanruf hoch und war erleichtert, wenn sie keine fremde Stimme hörte, wunderte sich aber allmählich doch, warum kein Büttenbrief kam, warum es den sentimentalen Herren, nun, da er die Gewissheit hatte, seine „geliebte Tochter" gefunden zu haben, nicht drängte, die „lang Entbehrte" endlich in die Arme zu schließen. Judith drängte es keineswegs ihn zu sehen, sie wollte nur wissen, was damals geschehen war. So bat sie ihn in einem kurzen Brief, ihr mitzuteilen, was Paula dazu veranlasst habe, ihn auf der Hochzeitsreise zu verlassen. Lange hatte sie vorher überlegt, welche Anrede sie wählen sollte, nun, da sich erwiesen hatte, dass er ihr Vater war, beschloss aber, noch etwas Distanz zu zeigen und entschied sich für „Sehr geehrter Herr Dr. Renner."

Der Antwortbrief an seine „geliebte Tochter", die er mit ihrem zweiten, wohlklingenden Namen Katharina anreden werde und die ihn doch „Vater" nennen möge, überraschte Judith. Eduard Renner wollte die „lang Entbehrte" noch länger entbehren, sie erst in mehr als zwei Monaten treffen und ihr erst dann, wenn der Zeitpunkt gekommen sei, auf ihre Frage antworten. Ihr erstes Treffen solle in einem für ihn „erinnerungsträchtigen Rahmen" stattfinden, in Venedig, vom 28. September bis zum 14. Oktober 2006. Er gab ihr den Auftrag, für diesen Zeitraum zwei Zimmer im Hotel Vittoria in der Calle dei Fuseri zu bestellen. Es sei selbstverständlich, dass er die gesamten Kosten tragen werde, da er erfahren habe, dass sie sich nur notdürftig von Werkverträgen ernähre.

Venedig. Judith saß lange mit geschlossenen Augen da, die Wangen in die Hände geschmiegt, ganz von Erinnerungen erfüllt.

Vor nun mehr dreißig Jahren war sie in den Genuss eines Stipendiums für Venedig gekommen, hatte ein Jahr lang dort mehr gelebt als studiert, verliebt in die widerborstige Schöne, die dich abstößt in ihrer Verkommenheit und dich doch nicht loslässt, die dir grau und kalt entgegentritt und dich bald wieder in klarem Licht bezaubert, die sich spiegelt im Wasser und Verfallenes schön erscheinen lässt, die dir nach engen Gassen wohnliche Plätze bietet und dich am Abend in Stille umfängt.

Die Aussicht, die geliebte Stadt wieder zu sehen, beflügelte sie, und sie machte sich gleich daran, das Hotel zu suchen, schaltete den Computer ein, ging ins Internet und dort zu ENIT, dem staatlichen Fremdenverkehrsverein Italiens. Die Eingabe „Hotel Vittoria" brachte kein Ergebnis. Merkwürdig. Dort waren doch alle Hotels zu finden. Ratlos schaute sie aus dem Fenster, eine große weiße Wolke zog über den Bäumen vorbei. Dann suchte sie bei Google. Nichts. Sie stand auf, ging zu dem Regal mit den Reisebücher, griff nach einem Venedigführer, den sie einmal antiquarisch gekauft hatte, und da war es: „Regina e di Roma e Vittoria", in der Calle dei Fuseri, die gleiche Kategorie wie das Gabrielli Sandwirth und das Luna, vier Sterne. Aber auch dieser Name führte zu keinem Eintrag im Internet. Es gab das Hotel anscheinend nicht mehr.

Sie schrieb dem „lieben Vater" von ihrer erfolglosen Suche, fragte, welches andere Hotel er wünsche, überwand ihre unbestimmte Angst vor seiner Stimme am Telefon und schlug ihm vor, dass sie sich bei organisatorischen Fragen doch telefonisch verständigen könnten.

Eine solche gesichtslose Nähe wünsche er nicht, er wolle weiter brieflich mit ihr in Verbindung bleiben, antwortete der Vater seiner „lieben Katharina", und die ließ Kopf und Arme hängen, als sie das las. Was das Hotel anbeträfe, so vertraue er ihr, dass sie das richtige fände, ein Hotel der ersten Kategorie in unmittelbarer Nähe zur Calle dei Fuseri.

Diesmal ließ sie einige Zeit verstreichen, bevor sie sich wieder an die Suche machte. Das nächstgelegene Hotel war das Bonvecchiati; etwas weiter, in der Nähe des Theaters La Fenice, lag das Duodo Palace Hotel. Sie schaute sich die Internetseiten beider Hotels an, entschied sich dann für das Duodo, es hatte eine ruhigere Lage und weniger Betten, während das Bonvecchiati mit 120 Zimmern sicher von Gruppenreisenden bevölkert wäre.

Im Duodo stand für den Zeitraum nur noch ein Zimmer zur Verfügung. Sie überlegte kurz, fand Gefallen an dem Gedanken, nicht mit dem unbekannten Vater in einem Hotel zu wohnen, nicht mit ihm zusammen frühstücken zu müssen, nicht immer gleich ansprechbar zu sein. Sie bestellte also das Zimmer im Duodo für Dr. Renner und fand für sich ein sehr viel preiswerteres Hotel in der Nähe, das Mercurio. Dem Vater teilte sie mit, dass sie zu dieser Lösung habe greifen müssen, da es ihr nicht gelungen sei, in der Hochsaison für einen so langen Zeitraum zwei freie Zimmer in einem Hotel zu finden.

Kein Wort des Dankes für ihre Bemühungen kam zurück, nur ein weiterer Auftrag. Er wollte sie in Padua treffen und von dort mit dem öffentlichen Schiff nach Venedig anreisen. Wieder machte Judith sich auf die Suche. Sie fand eine Schiffsverbindung zwischen Padua und Venedig, den Burchiello, der frühmorgens von Padua losfuhr. Das bedeutete, dass sie eventuell in Padua übernachten müssten. Außerdem war es nicht gestattet, schweres Gepäck auf das Boot mitzunehmen. Das schrieb sie Dr. Renner und bat ihn, seine Anreise selbst zu organisieren. Sie käme wahrscheinlich am 28. September gegen Mittag mit dem Nachtzug in Venedig an.

Nun, da alle Fragen zur Reise geklärt waren, hätten höfliche Briefe mit Erkundigungen nach Lebensumständen, Interessen und Vorlieben gewechselt werden können, aber fünf Wochen lang trafen keine Büttenumschläge ein. Vielleicht reichte ihm das, was er durch den Bericht der Privatdetektei über sie wusste. Auf ihre Fragen, die sie gleich am Anfang gestellt hatte, waren die Antworten sehr kurz gewesen: Er lebe allein, habe die Firma seines Vaters, ein Bauunternehmen, weitergeführt und sich auch im hohen Alter nicht zur Ruhe gesetzt, er sei im Vorstand des Unternehmens und in anderen Gruppierungen tätig.

Mitte September holte das Klingeln des Eilbriefzustellers sie wieder aus dem Bett, und, nachdem sie den Brief gelesen hatte, fragte sie sich, was denn so eilig an der Mitteilung war: Er lege Wert darauf, dass sie ihn am 28. September 2006 um 19.00 Uhr aus seinem Hotel abhole. Er erwarte eine Bestätigung. Sie war erschrocken über den Ton des Briefes. Sie war doch nicht seine Sekretärin, der er Befehle erteilen konnte. Die Freude auf Venedig war getrübt, wenn sie sich vorstellte, auch dort vierzehn Tage lang nur Anweisungen entgegennehmen zu müssen. Noch dazu hatte Sergio, ihr väterlicher Freund aus den alten Zeiten, ihr geschrieben, dass er erst vom 4. Oktober an wieder in Venedig sein würde.

Am 27. September stand sie kurz nach 22.00 Uhr auf einem dunklen, leeren Bahnsteig in Göttingen und schaute fassungslos auf die Anzeigetafel. Da war groß in strahlendem Blau zu lesen „Venecia St. Luci". „Venezia Santa Lucia", verstümmelt. Auch das Einsteigen in den Zug gestaltete sich zunächst fast unwirklich. Der Bahnsteig zu dem

Schlafwagen, dem letzten Wagon des Zuges, war nur schwer zu begehen, dunkel, voll von Gestrüpp. Sie blieb stehen, bis der Schaffner kam, ihren Koffer nahm und sie zu ihrem Abteil brachte. Dort erwartete sie Verkümmertes in menschlicher Form: Die Frau im unteren Bett erwiderte ihren Gruß nicht, obwohl sie noch nicht schlief.

Judith versuchte zu schlafen, versuchte gegen das unregelmäßige Rattern und Ächzen des Zuges einen eigenen Rhythmus zu setzen, aber es gelang ihr nicht. Gerade, als sie leicht eindämmerte, hielt der Zug und in die Stille drang ein lautes Schnarchen von unten. Das wiederholte sich bei jedem Halt.

Donnerstag, den 28. September 2006

Nach vierzehnstündiger Fahrt kam sie mit nicht ganz wachem Blick in der Lagunenstadt an. Sie ging die breite Treppe vor dem Bahnhof hinunter, suchte ihr Venedig, aber es war noch nicht da. Die Brücke, die Kirche, viel schwerer grauer Stein, Stände mit greller Touristenware am anderen Ufer, das war es nicht, wonach sie sich gesehnt hatte. Nur der Himmel war sehr blau.

Auf dem Vaporetto, eingezwängt auf der Plattform zwischen den Ausgängen, konnte sie kaum etwas sehen und nahm nicht viel mehr wahr als die Geräusche des Schiffes, das Aufheulen des Motors, das Ächzen und das zweimalige dumpfe Rucken, wenn das Boot bei einer Haltestelle anlegte.

Am Rialto stieg sie aus, mit ihr viele andere Touristen, die auf dem Uferdamm stehen blieben, wo ohnehin schon ein Gewimmel war. Sie machte sich auf den Weg, zog ihren Koffer hinter sich her, den Blick nur auf ein Durchkommen gerichtet. Auf der letzten kleinen Brücke vor dem Hotel blieb sie stehen. Warme Luft umfing sie, im Wasser spiegelten sich die Häuser und sie fühlte, wie ihr Gesicht sich endlich in einem Lächeln entspannte.

Noch immer lächelnd stieg sie die enge, steile, mit einem roten Läufer belegte Treppe des Hotels hinauf, traf im ersten Stock auf eine junge Frau am Empfang, die sich freute, dass eine Deutsche so gut Italienisch sprach. Judith schaffte es trotz ihrer Müdigkeit auch noch, sich und ihren Koffer zwei weitere Stockwerke hinauf zu bringen in ein kleines Zimmer. Es gefiel ihr, braune Balken an der Decke, ein Fensterchen, durch das sie den Himmel sehen konnte. Als sie sich über das schmiedeeiserne Gitter etwas vorbeugte, blickte sie auf das obere Stockwerk eines in warmem Gelb gestrichenen Innenhofes und auf leuchtend grüne Baumspitzen.

Nach der langen, fast schlaflosen Zugfahrt wollte sie sich etwas ausruhen. Sie zog die Reisekleidung aus, ging ins Badezimmer, es war sehr klein. Eine Person mit etwas mehr Pfunden würde von der Toilette nur mühsam wieder aufstehen können, eingezwängt zwischen Dusche und Waschbecken. Dennoch war Judith zufrieden, dass sie den Komfort eines Vier-Sterne-Hotels ausgeschlagen hatte.

Sie legte sich auf das Bett, es war bequemer, als es aussah, nur bot das Zimmer keinen schönen Anblick mehr. Vor der Ecke über dem schmalen Eingangsflur hing unter der Decke ein Fernsehapparat. Fernsehen war folglich nur im Liegen zu genießen. Sie holte sich die Fernbedienung und schaltete ein, landete bei RAI I, da war Kommissar Rex auf Italienisch zu sehen, die österreichische Serie mit dem Schäferhund, der seinen menschlichen Kollegen gerade Brötchen und Judith zum Einschlafen brachte.

Als sie aufwachte, war es schon fast sechs Uhr abends, aber dennoch Zeit genug für einen kleinen Spaziergang vor der Begegnung mit dem Vater. Sie packte schnell ihren Koffer aus, zog ihre weite dunkellila Leinenhose an, ein fliederfarbenes Top und dazu einen zart lila und gelb gemusterten Seidenschal.

Am Empfang gab ihr die freundliche junge Frau einen Zettel mit der Nachricht, dass sie Dr. Renner um 19.00 Uhr im Hotel Duodo abholen solle. Das wusste sie ja schon. Ob er persönlich da gewesen sei? Nein, ein Anruf, der Herr habe aber nicht verbunden werden wollen.

Vor dem Hotel ging sie nach rechts, um zu der Calle dei Fuseri zu gelangen, in der ihr Vater hatte wohnen wollen. Auf der ersten kleinen Brücke blieb sie wieder stehen, im Wasser waren abstrakte Gemälde zu sehen, bizarre, sich ständig bewegende Spiegelungen der auf dem Kopf stehenden Häuser im späten Licht. Sie war angekommen in ihrem Venedig.

Dann verdrängte der Gedanke an die bevorstehende Begegnung mit dem Vater das Glücksgefühl und sie ging weiter bis zur Calle dei Fuseri, schaute sich suchend um, sah an einem Portal ein Messingschild, trat näher und las „Palazzo Regina Vittoria". Das musste früher das Hotel Vittoria gewesen sein, ein Gebäude von gediegener Pracht, das, wie sie zurücktretend wahrnahm, sich von der Calle dei Barcaroli, der Gasse, aus der sie gekommen war, bis zum Rio erstreckte. Sie stieg die paar Stufen zur Brücke hinauf, schaute von da aus auf den Palazzo mit dem großen Fenster zum Kanal, erfreute sich dann an den weniger prächtigen Häusern auf der anderen Seite und wieder an gold, blau und grün leuchtenden Spiegelungen im Wasser.

Eine Gruppe deutscher Touristen hatte kurz vor der Brücke halt gemacht, alle schauten auf zum ersten Stock des Palazzo Regina Vittoria und auch Judith entdeckte etwas, das sie vorher übersehen hatte: eine Gedenktafel. Goethe hatte dort vom 28. September bis zum 14. Oktober 1786 gewohnt. Vom 28. September – das konnte kein Zufall sein, der alte Herr musste Goethe sehr verehren, wollte wohl auf dessen Spuren Venedig begehen. Das sei ihm unbenommen, aber warum diese Pedanterie, das gleiche Hotel hatte es sein sollen, der gleiche Zeitraum war es.

Es dämmerte schon, als sie bei der Riva del Carbon an den Canal Grande kam, der Himmel war im Westen grau, sie hatte keine Lust mehr am Schauen, wollte weglaufen vor dem Vater, weglaufen wie ihre Mutter, warum hatte sie weglaufen müssen, und sie lief durch enge Gassen, bis sie schließlich am Campo Sant'Angelo herauskam, es war schon zehn Minuten vor sieben, sie durfte doch nicht zu spät kommen. Warum eigentlich nicht. Sie setzte sich auf eine Stufe am Rande des Platzes. Tief durchatmen und eine Zigarette rauchen, das half ein bisschen, mehr noch der Blick auf die Sichel des Mondes über einem schiefen Kirchturm im hier wieder klaren Abendhimmel.

Als sie ruhiger geworden war, stand sie auf und wappnete sich mit aufrechter Haltung (so wie die Mutter, wenn sie Angst vor etwas hatte) für die Begegnung mit dem Fremden, den sie Vater nennen sollte. Sie ging in die nächste Gasse, geriet in einen dunklen Durchgang, in dem es dumpfig roch, dann kam sie beim Fenice-Restaurant wieder ins Helle, ein paar Schritte noch, es war neunzehn Uhr, vor ihr ein Hinweisschild „Duodo Palace Hotel", das führte sie in eine schmale Gasse, und dann endlich war der kleine Vorplatz des Hotels erreicht.

Die schmale Eingangshalle im gedämpften gelben Licht der Lüstern und Tischlampen war von düsterer Vornehmheit, und auch der alte Herr, der sich erwartungsvoll aus einem Sessel erhob, dann mit lachendem Mund die Zähne zeigte, die Arme vorstreckte, so als führe er eine Turnübung aus, Katharina, mein Kind, und die Arme wollten sie umfassen, ich bin Judith, und Judith Katharina ergriff seine rechte Hand, so die väterliche Umarmung verhindernd, und das Lachen verschwand. Er werde sie Katharina nennen, das habe er ihr doch geschrieben. Er musterte sie mit einem kurzen

Blick und teilte ihr dann das Ergebnis seiner Prüfung mit: Sie sehe ihrer Mutter gar nicht ähnlich.

Vielleicht dem Vater, sagte Judith und sah ihn an, den stattlichen alten Herrn, groß, blond wie sie musste er früher gewesen sein. Jetzt war nur noch ein weißer Haarkranz übrig, um eine Glatze herum, die gebräunt war wie nach einem Skiurlaub, gebräunt auch das volle, fast straffe Gesicht, das nun sehr grimmig aussah, weil der Mund von den breiten Kiefern so streng in Zucht gehalten war und die graublauen Augen sie fast erstachen.

Ich habe ihn gekränkt, warum konnte ich nicht die Rolle der „geliebten" Tochter annehmen. Sie versuchte ein Lächeln, aber der Vater wandte sich dem Ausgang zu, drehte sich wieder um, nahm ein Buch, das neben ihm auf einem Tischchen gelegen hatte, und ging dann mit festen kleinen Schritten hinaus. Sie folgte ihm, sah, dass er die falsche Richtung einschlug, das ist nicht der richtige Weg, sagte sie, es war zu leise, er ging weiter, landete in einer Sackgasse vor einem Kanal, drehte sich um, blickte sie strafend an, so dass es ihr die leichten Worte verschlug. Nun ging sie voran, durch den Hof in die enge Calle Minelli, blickte sich um, sah im Laternenlicht hinter sich den Vater, der starr über sie hinwegschaute, ich muss mich entschuldigen, dachte sie und wartete am Campo San Fantin auf ihn, verzeih den kühlen Empfang, ich war sehr aufgeregt.

Der Vater sah einen Augenblick fast mild aus, fasste sie am Oberarm und führte sie über den Platz zwischen dem Theater La Fenice und der

Kirche San Fantin zum Restaurant „Antico Martini", schob sie hinein in die trotz der gelben Lampen düster wirkende Veranda, die von einer dunkelblauen Markise bedeckt war, vorn von biederen schmiedeeisernen Gittern begrenzt, an den Seiten von verglasten altmodischen Holzrahmen.

Judith hätte sich gern an einen der vier Tische gesetzt, die draußen vor einer alten gotischen Außentreppe standen und, wie die rosa Tischdecken zeigten, auch zu dem Restaurant gehörten, hätte gern länger in den graublauen Abendhimmel geschaut und die laue, umschmeichelnde Luft genossen, aber sie wollte sich nicht schon wieder eigenwillig zeigen, und so ließ sie sich zu dem letzten Tisch an dem Gitter führen, wenigstens war da noch etwas Luft zu spüren.

Die Speisekarte kam unverzüglich, es waren angesichts der frühen Stunde auch noch kaum Gäste da. Der Vater bestellte, ohne die Tochter zu fragen, zweimal das Menu zu 90 Euro. Davon könnte ich mich selbst in Venedig gut fünf Tage ernähren, schoss es ihr durch den Kopf, sie sagte es nicht laut, was hätte es gebracht, nur wieder einen strafenden Blick von dem, der ihr da gegenüber saß, sie unverwandt schweigend anblickte, ihr die Worte absaugte wie „Stanislaw der Schweiger", der den Menschen die Sprache abschlürfte und selbst die Vöglein im Walde verstummen ließ. Gab es in dem Roman von Dieter Kühn – vor Jahren hatte sie ihn gelesen – eine Gegenwehr?

Sie ließ das Bild, in das sie sich versetzt hatte, mit einem Kopfschütteln verschwinden, erhob das

Glas Weißwein, das inzwischen vor ihr stand, lächelte den Vater an, Salute, und der Schweiger, leicht verwirrt, trank auch den ersten Schluck. Ich freue mich, mit dir (das kam ihr nur schwer über die Lippen) in Venedig zu sein. Sie wartete auf eine Entgegnung, da kam nichts, er schaute sie nur unverwandt an, die Augen stachen nicht mehr, fast freundlich sah er aus.

Sie machte einen neuen Versuch, ihm ein paar Worte zu entlocken: Bist du zufrieden mit dem Hotel und dem Zimmer? Das war die richtige Frage, ein Wortfluss ergoss sich auf einmal über sie. Die Aussicht sei nicht erhebend, auf verfallenes Gemäuer müsse er blicken, das Zimmer selbst sei annehmbar, abgesehen von der Farbgebung. Rosa sei eine Farbe für junge Weiblichkeit, nicht für einen alten Herren. Er habe aber schon mit dem Chef verhandelt und könne wohl in zwei Tagen in ein grünes Zimmer ziehen, da *ruht das Auge und das Gemüt,* wie Goethe sagt, *wie auf einem Einfachen.*

Judith wusste nicht, was sie antworten sollte. Sie sah nur das „Einfache" fad grüner Wände von Krankenhauszimmern und Polizeibüros vor sich. Sie schwieg eine Weile und rettete sich dann mit dem Stichwort „Goethe" aus der Verlegenheit: Du verehrst Goethe sehr? Er schaute sie misstrauisch an, warum, sie hatte doch versucht es als einfühlsame Frage zu intonieren. Um sein Vertrauen zu gewinnen, bemühte sie sich, ihre folgenden Worte freudig erstaunt klingen zu lassen: Ich habe bemerkt, dass wir uns im gleichen Zeitraum, auf das Datum genau 220 Jahre nach Goethe in Venedig befinden. Der alte Herr nickte mehrmals und teilte ihr dann mit, dass er vorhabe, die Stadt mit ihr zusammen auf Goethes Spuren zu erkunden. Die „Italienische Reise" habe er mitgebracht, sagte er, sie möge die Seiten über Venedig bis morgen lesen, und er reichte ihr das Buch mit den Worten: Hamburger Goethe-Ausgabe, Band 11. Ein Merkzettel war eingeklebt, da, wo sie das Buch aufzuschlagen hatte.

Goethe werde ihr Führer sein, sagte er in fast feierlichem Ton, Goethe mit uns, Gott mit uns.

Judith überkam ein Unbehagen, sie konnte nicht erfassen warum, da wurde die Vorspeise serviert, und Gott und Goethe gingen unter in sauer eingelegten Garnelen und mit Kaviar verzierten Lachsröllchen, deren Wohlgeschmack sich mit jedem Häppchen steigerte. Sie gab sich dem langsamen Genuss der Speise hin und fragte sich, ob es dem Vater nicht schmeckte. Er aß, als ob es seine Pflicht sei, in kürzester Zeit den Teller leeren zu müssen. Als er fertig war, blickte er tadelnd zu ihr, die noch nicht einmal die Hälfte verspeist hatte, und sagte, dass ihre Mutter auch immer so langsam gegessen habe.

Auf den Vorwurf ging die Tochter nicht ein und nahm stattdessen die Gelegenheit wahr, von der Mutter sprechen zu können: Erzähl mir von ihr, wie habt ihr euch kennen gelernt, und sie sah das letzte Foto aus dem Jahr 1953 aus Paulas Mäppchen vor sich, Paula mit ihrer Freundin in Braunschweig auf dem Burgplatz vor dem Löwendenkmal, das musste er aufgenommen haben, da hatte er sie zum ersten Mal gesehen, wie er nun der Tochter erzählte. Er habe sofort gewusst, dass Paula seine Frau werden müsse, das habe er sofort gewusst. „Veni, vidi vici" skandierte er zur Bekräftigung so laut, dass die Gäste am Nebentisch aufschauten, und gleich darauf ließ er sie seine etwas eigenwillige Übersetzung hören: „Ich kam, ich sah und habe sie im Sturm erobert." Und im Sturm hat sie dich verlassen, entfuhr es Judith, zum Glück nur ganz leise, er hatte es anscheinend nicht gehört, widmete sich schon der gelben Cremesuppe, löffelte sie schnell in sich hinein, ohne aufzusehen, ohne ein Wort zu sagen, war fertig, als Judith, noch in Gedanken bei der im Sturm eroberten Mutter, kaum angefangen hatte. Sie legte den Löffel nieder, wollte endlich wissen, was geschehen war, fragte: Warum hat sie dich verlassen?

Der Vater schien diesmal nicht antworten zu wollen, murmelte nur: *Die Gläser, sie klingen, Gespräche, sie ruhn, Beherziget Ergo bibamus!* Das gelte auch für das Essen, leichte Worte hier und da, mehr nicht.

Sie fand kein leichtes Wort und machte von nun an keinen weiteren Versuch, eine Unterhaltung in Gang zu bringen, löffelte langsam ihren Teller leer, gab sich dann dem Genuss der dünnen schwarzen Bandnudeln mit Krebsfleisch hin, sagte, köstlich, und erwartete keine Zustimmung. Dann kam der dritte Gang, Seezungenfilets, sie zergingen auf der Zunge. Der Vater schien ihrer Friedlichkeit nicht zu trauen, er teilte jeweils ein Stückchen ab, überprüfte mit der Gabel, ob ein nachlässiger Kellner nicht doch eine Gräte übersehen hatte und schob den Bissen erst dann in den Mund, prüfte noch einmal mit der Zunge, bevor er ihn endgültig in sich aufnahm.

Nach dem Fisch bestellte der Vater einen Rotwein, kostete ihn schlürfend vor und gab dem Kellner mit einem gnädigen Nicken zu verstehen, dass er einschenken dürfe. Wenigstens scheint er Wein genießen zu können, dachte Judith, probierte ihn auch und meinte noch nie einen so wohlschmeckenden Roten getrunken zu haben. Dann machte sie sich an die kleinen zarten Lammkoteletts, ein Schluck Rotwein dazwischen, eine kleine Pause, und Schweigen, noch ein Häppchen, wieder eine Pause, und Schweigen. Die letzten beiden Häppchen musste sie liegen lassen, sie war gesättigt und wohlig müde.

Sie zuckte zusammen, als die kühle Stimme des Vaters ertönte, jetzt sei der Zeitpunkt für ein Gespräch gekommen. Er habe in dem Bericht der Detektei gelesen, dass sie sich vor zwanzig Jahren habe scheiden lassen, und wolle den Grund wissen.

Judith zögerte mit der Antwort. Sollte sie dem Vater erzählen, wie aus dem ehelichen Lustspiel des Anfangs allmählich eine Tragikomödie geworden war, voll von Missverständnissen, von begründeter und unbegründeter Eifersucht, von unsinnigen Machtkämpfen. Sie hatte eine Zeit gebraucht, um zu erkennen, dass das Kräfteverhältnis in ihrer Ehe nicht stimmte. Sie war, was sie anfangs nicht geglaubt hatte, die Stärkere, und es lief nur gut, wenn sie sich unterordnete. Aber das konnte sie nicht in allem, vor allem nicht, als er sich seit Anfang der achtziger Jahre immer weiter von ihr entfernte, mit all den kleinen Schritten der Anpassung an den Standort Deutschland, in dem der einzelne sich zum Wohl des Ganzen unterzuordnen hatte. Als sie ihm auf diesem Weg nicht folgen wollte, suchte er sich am Ende neue Selbstbestätigung bei einer Frau, die anpassungsfähiger war.

Das alles wollte sie dem Vater nicht erzählen, er war ihr noch zu fremd. Am besten war es, einfach den äußeren Anlass zu nennen. So sagte sie nur: Er hatte sich in eine andere Frau verliebt, wollte eine Ehe zu dritt, und das wollte ich nicht. Darum habe ich ihn verlassen.

Die Tochter habe also ihren Mann verlassen, so wie die Mutter ihn verlassen habe, kommentierte der Vater etwas bissig, und Judith konnte sich nicht enthalten zu fragen, ob er sich auf der Hochzeitsreise auch einer anderen Frau zugewandt habe.

Der alte Herr tat mit einem Blick über sie hinweg kund, dass er die Frage als nicht gestellt betrachtete, zudem musste nun die Nachspeise, eine warme Apfeltorte mit Pistaziencreme, gelöffelt werden, exakt und schnell wie auch alles zuvor, ohne Zeichen von Genuss. Judith nippte von der Pistaziencreme, von den warmen Apfelscheiben, von der dünnen Teigdecke und konnte nicht aufhören zu nippen, obwohl sie kurz zuvor noch gemeint hatte, nichts mehr essen zu können.

Beim Espresso war Redezeit und Judith erfuhr etwas mehr über die kurze Ehe von Paula und Eduard. Nach der standesamtlichen Trauung in

Braunschweig hatte es keine Feier gegeben, nur die beiden Trauzeugen waren dabei, noch nicht einmal die Eltern. Judiths Frage nach dem Warum strafte der Vater ab, sie möge ihn doch nicht immer unterbrechen. Gleich nach dem kleinen Festessen mit den Trauzeugen fuhren Eduard und Paula in einem weißen Mercedes, ja, weiß war er, und Judith sah einen alten weißen Mercedes vor sich, sah das junge Paar durch das Altmühltal in Richtung Italien fahren, sie fuhren in den Abend hinein, durch die Nacht, kamen am Morgen in Venedig an, und ein Wassertaxi brachte sie zum Hotel Vittoria.

An dem Punkt konnte Judith die Frage, ob er mit Paula auch auf Goethes Spuren gewandelt und darum im Vittoria abgestiegen sei, nicht unterdrücken, und der Vater ließ die Frage sogar zu, nein, er habe das Haus gekannt, dann leicht verlegen, so als habe er gesagt, was er nicht hätte sagen sollen, sein Vater habe es gekannt und alles für das Paar arrangiert, ja, die Hochzeitsreise habe sein Vater ihnen geschenkt, er war sehr reich, ein Bauunternehmer, es habe damals ja viel aufzubauen gegeben.

Paula im Reichtum. Vor lauter Verwunderung und weil ihr Kopf von dem vielen Alkohol etwas schwer geworden war, stützte sie ihn mit der Hand ab, sah den Vater groß an und stellte keine Fragen mehr. Auch er wirkte etwas derangiert, strich nicht vorhandene Haare zurück, spürte wohl Feuchtes, zog ein großes weißes Taschentuch aus der Jackentasche und wischte sich den Schweiß von der Stirn. Es sei Zeit, sich nach dem langen Reisetag zur wohlverdienten Ruhe zu begeben, sagte er und

winkte dem Kellner. Der brachte in einer Leder-
mappe die Rechnung – fast 250 Euro, das waren
500 DM, musste sie nach Judiths Schätzung betra-
gen.

Sie begleitete den Vater noch bis vor sein Hotel
und bekam ein kleines Lächeln zum Abschied.

Was doch solch ein Lächeln vermag. Es ent-
stand so unerwartet in dem sonst strengen Gesicht,
es erweckte in ihr das Bedürfnis es wieder hervor-
zulocken, und fast freute sie sich auf die Begegnung
mit ihm am nächsten Tag.

Wieder in ihrem Hotel machte sie sich willig
daran, die ihr auferlegte Pflicht zu erfüllen. Im
Lampenlicht war das Zimmer nicht mehr reizvoll,
es fehlte auch ein bequemer Platz zum Lesen und
sie wollte sich noch nicht hinlegen, da schlief sie zu
schnell ein. Also setzte sie sich im Schneidersitz auf
das Bett und schlug die Hamburger Ausgabe an der
markierten Stelle auf: Venedig.

Gleich am Anfang hielt sie inne und bedauerte
fast, dass sie dem Vater nicht seinen Wunsch erfüllt
hatte, wie Goethe mit dem Schiff in Venedig anzu-
kommen. Nun, vielleicht könnten sie das nachholen, frühmorgens nach Padua fahren und auf der
Brenta mit dem Burchiello zurück nach Venedig.

Nach anderthalb Stunden hatte sie die Lektüre
beendet, blätterte vor und zurück und fand ihren
ersten Eindruck bestätigt: Goethe hatte Venedig
nicht genossen, er war nur geschäftig durch die
Gassen geeilt, hatte die sozialen Gegebenheiten, die
Theater, den Wasseraustausch in den Kanälen und
in der Lagune studiert, die Antike in den Bauten

des Architekten Palladio gesucht, das Byzantinische verachtet und die Basilika von San Marco mit einem kolossalen Taschenkrebs verglichen, wie sie aus den Anmerkungen entnahm. Und der unendliche Zauber von Venedig? Den nahm er nur einmal wahr, nachdem er ein Bild von Veronese gesehen hatte und nun mit dessen Augen von der Lagune aus *das beste, frischeste Bild der venezianischen Schule sah.*

Der Arme, konnte nicht mit eigenen Augen sehen, ihm fehlte der *Frohblick*, der sich bei den Venezianer von Jugend an ausgebildet haben soll. Sie las noch einmal Goethes Erklärung für den fehlenden *Frohblick*: *Wir, die wir auf einem bald schmutzkotigen, bald staubigen, farblosen, die Widerscheine verdüsternden Boden und vielleicht gar in engen Gemächern leben, können einen solchen Frohblick aus uns selbst nicht entwickeln.*

Merkwürdig, er hatte doch in seiner Jugend *Wie herrlich leuchtet mir die Natur* geschrieben, warum konnte er dann das Leuchten Venedigs nicht mit eigenen Augen sehen?

Wahrscheinlich hatten zehn Jahre Staatsdienst in Weimar, als Leiter der Kriegskommission und als Finanzminister, ihm den jugendlichen *Frohblick* genommen.

Die Aussicht auf die Zeit mit dem Vater war nun wieder etwas getrübt. Da wohl auch ihm der *Frohblick* fehlte, standen ihr anstrengende Tage bevor.

Stimmen und Geräusche aus dem Flur holten sie am nächsten Morgen aus dem Schlaf. Es war noch früh, kurz vor acht Uhr. Sie kuschelte sich noch einmal in die Decke ein und genoss das Wachwerden. Dann kniete sie sich auf das Bett und zog die Vorhänge auf. Blauer Himmel war zu sehen, es würde ein schöner Tag werden.

Gegen neun Uhr ging sie hinunter in den Frühstücksraum im ersten Stock. Kleine Tische standen eng beieinander; geschlossene Fensterläden verwehrten den Ausblick. Sie bestellte sich einen Cappuccino, nahm von dem bescheidenen Frühstücksbuffet einen Croissant, ein Glas Orangensaft und einen Apfel.

Außer ihr waren noch drei junge Paare da, vielleicht auf der Hochzeitsreise wie vor 53 Jahren Paula und Eduard. Die waren wahrscheinlich nach ihrer ersten Nacht auf einer breiten Treppe in ein prächtigeres Ambiente hinab gestiegen, hatten sich auf gepolsterte Stühle gesetzt, vor sich zartes Porzellan auf einer weißen Damastdecke, und durch eine große Glastür konnten sie auf einen Rio blicken, in dem dunkelgrünes Wasser träge ruhte, nur ab und zu vom Ruder einer Gondel bewegt. So könnte es gewesen sein, in dem Luxushotel „Regina e di Roma e Vittoria".

Sie fragte sich, ob Paula den für sie ungewohnten Luxus hatte genießen können, fragte sich vor allem, was die Mutter, die in einer Arbeiterfamilie, dem Sozialismus verpflichtet, aufgewachsen war, dazu gebracht hatte, in den Reichtum einer Bauunternehmerfamilie einzuheiraten. *Nach Golde drängt, Am Golde hängt Doch alles...* Die Vorstellung, dass die Mutter sich wie Goethes Gretchen durch *Gold* habe verführen lassen, missfiel ihr und sie schob sie schnell beiseite zugunsten einer nicht weniger banalen: Im Sturm erobert und in Liebe befangen hatte Paula nur noch den schönen jungen Mann gesehen.

Der stattliche alte Mann, der ihr in der Calle Minelli entgegen kam, hatte den dunklen Anzug vom Abend mit einer sportlich eleganten Kombination getauscht, einer Hose in einem warmen Beige, dazu ein dezent kariertes Sakko im gleichen Ton, ein hellbraunes Hemd. Anstelle des Schlipses trug er ein Seidentuch um den Hals, und in der Hand hielt er an einem Riemen eine kleine Herrentasche aus braunem Leder, die genau das Format eines Bandes der Hamburger Ausgabe hatte.

Der Vormittag brachte nicht ganz das, was Goethe für sie vorgesehen hatte.

Gleich auf dem Campo San Fantin ließ der Vater sich die „Italienische Reise" von Judith zurückgeben, setzte seine Brille auf, prüfte, ob die Tochter auch zum Zuhören bereit war, und las vor:
Was sich mir aber vor allem andern aufdringt, ist abermals das Volk, eine große Masse, ein notwendiges, unwillkürliches Dasein.

Da war aber nur eine große Masse von Touristen in ihrem unwillkürlichen Dasein zu sehen.

Vater, es hat sich sehr viel verändert in den 220 Jahren. Ein strafender Blick und der alte Herr strebte auf die enge Gasse neben dem Antico Martini zu. Da passte die Beschreibung Goethes, *die Häuser suchten die Luft, wie Bäume, die geschlossen stehen, sie mussten an Höhe zu gewinnen suchen, was ihnen an Breite abging.* Aber bald schon kamen sie auf die Calle Larga 22 Marzo, die es zu Goethes Zeiten wahrscheinlich noch nicht in dieser Breite gegeben hatte und auch nicht die Afrikaner, die ihre Ware auf dem Pflaster ausgelegt hatten und vom Vater mit missbilligenden Blicken bedacht wurden.

Selbst in der Calle Larga war es mühsam, zwischen den Touristen hindurch zu kommen, und auf Brücken und in engen Gassen erst recht. Der Vater ging schnell, wie ein Automat, zackig, gleichmäßig, ruckte zurück wie ein aufgezogenes Spielzeugauto, wenn ein Hindernis ihm den Weg versperrte, und dann nach rechts oder links, bis sich wieder der Vorwärtsgang einstellte.

Am Ziel des Vormittags, der Piazzetta di San Marco, holte er den Goetheband aus seiner Herrentasche hervor und zitierte: *Über der Wasserfläche sieht man links die Insel St. Giorgio Maggiore, etwas weiter rechts die Giudecca und ihren Kanal, noch weiter rechts die Dogana und die Einfahrt in den Canal Grande, wo uns gleich ein paar ungeheure Marmortempel entgegenleuchten. Dies sind mit wenigen Zügen die Hauptgegenstände, die uns ins Auge fallen, wenn wir zwischen den zwei Säulen des Markusplatzes hervortreten.* Er blickte erst nach seiner Lesung auf die Aussicht, die sich ihm bot, war zufrieden, alles stimmte mit Goethes Darstellung überein, und er brauchte sich auch nicht an Verkehrsschiffen, Frachtbooten und Wassertaxis zu stören, da Goethe die bunte Vielfalt von Barken verschiedenster Art, die er gesehen haben musste, nicht beschrieben hatte.

Nach der Mittagspause stand das Vermessen der Calli auf dem Plan. Die darauf vorbereitende Lesung zelebrierte der Vater gleich auf dem Vorplatz des Hotels: *Gewöhnlich kann man die Breite der Gasse mit ausgereckten Armen entweder ganz oder beinahe messen, in den engsten stößt man schon mit den Ellbogen an, wenn man die Hände in die Seite stemmt; es gibt wohl breitere, auch hie und da ein Plätzchen, verhältnismäßig aber kann alles enge genannt werden.*

Der alte Herr scheute sich nicht, es Goethe nachzutun, die Arme auszustrecken und so die Breite einer Gasse zu erfassen, immer wieder, mit dem Ernst eines kleinen Jungen, der die von einem strengen Vater auferlegten Pflichtaufgaben gehorsam erfüllt. In der Calle della Cerva nahe der Rialto-Brücke blieb er mit angewinkelten Ellenbogen, wie es Meister Goethe vorgeschrieben hatte, stehen, wandte sich um zu Judith und verkündete, das sei die bisher engste Gasse, lächelte sie verlegen, um Verständnis bittend, an und wurde dann wieder zum Automaten, der die Stufen der Rialto-Brücke zu beschreiten hatte. Oben blieb er stehen, schlug die Hamburger Ausgabe auf, blätterte und zitierte: *Von oben herunter ist es eine große Ansicht, der Kanal gesät voll Schiffe, die alles Bedürfnis vom festen Land herbeiführen und hier hauptsächlich anlegen und ausladen, dazwischen wimmelt es von Gondeln. Besonders heute, als am Michaelis-feste, gab es einen Anblick wunderschön lebendig.* Eine große Ansicht, sagte der Vater und schaute.

Judith wandte sich ab, da war nichts mehr von dem, was Goethe gesehen hatte, nur touristisches Leben, Restaurants für Touristen, Gondeln mit Touristen, Wasserbusse, die neue Touristenströme ausspieen. Sie ging auf die andere Seite der Brücke, zur nord-östlichen Aussicht, dort gab es auf der rechten Seite keine Uferdämme und keine Touristenlokale, nur alte Palazzi, die Goethe keiner Erwähnung für würdig befunden hatte. Das Byzantinische, Romanische, das Gotische interessierten ihn nicht und darum den Vater auch nicht, der, leicht aus dem Tritt gekommen, über das aufgeschlagene Buch gebeugt, zu ihr herüberkam.

Wo führt uns Goethe jetzt hin, sie solle den Absatz lesen, er wolle nun zu dem Überfahrtspunkt, von dem aus die Frauen zu der Kirche des gefeierten Erzengels gelangt waren. Sie möge bitte herausfinden, wo die sich befinde, und er reichte ihr das Buch:

Die beiden Hauptteile von Venedig, welche der große Kanal trennt, werden durch die einzige Brücke Rialto miteinander verbunden, doch ist auch für mehrere Kommunikation gesorgt, welche in offenen Barken an bestimmten Überfahrtspunkten geschieht. Nun sah es heute sehr gut aus, als die wohlgekleideten, doch mit einem schwarzen Schleier bedeckten Frauen sich viele zusammen übersetzen ließen, um zu der Kirche des gefeierten Erzengels zu gelangen. Ich verließ die Brücke und begab mich an einen solchen Überfahrtspunkt.

Judith überlegte. Der gefeierte Erzengel war Sankt Michael, wie sie den Anmerkungen entnahm, die Kirche San Michele auf der heutigen Friedhofsinsel lag weit ab vom Canal Grande, der von Goethe besichtigte *Überfahrtspunkt* jedoch in der Nähe der Brücke. Sollte sie zu langen Erklärungen ansetzen, dem Vater sagen, dass Goethe sich vielleicht geirrt hatte? Das würde er nicht akzeptieren, er wäre verärgert, Goethe irrt sich nie. Der arme alte Schüler wirkte schon etwas erschöpft, warum ihn noch dazu enttäuschen, und Judith beschloss, eine Kirche zu erfinden. Sie wusste, dass die Pescheria, die scheinbar so alte Fischhalle, erst 1907 erbaut worden war. Zu Goethes Zeiten stand dort folglich nichts oder etwas anderes, warum nicht auch eine Kirche, San Michele in Pescheria – das ging nicht, der heilige Michael hatte nichts mit Fischen zu tun, er war der Führer der himmlischen Heerscharen – San Michele von den Engeln würde sie dem Vater schenken, und sie führte ihn einen kleinen Umweg durch die alten Gässchen von San Polo, damit er noch einmal die Calli vermessen könnte, aber er machte keine Anstalten dazu, ging aufrecht wie immer mit kleinen steifen Schritten hinter ihr her, bis sie für ihn zwischen dem Campo delle Beccarie und der Pescheria die Kirche San Michele degli Angeli hin setzte, Napoleon habe sie abreißen lassen wie vierundzwanzig andere Kirchen auch – das stimmte sogar – und der Vater war zufrieden, in seiner Tochter eine so gut informierte Reiseführerin gefunden zu haben.

Die Gondelfähre von Santa Sofia näherte sich dem Anleger an der Pescheria, voll besetzt, ein malerisches Bild, auch wenn keine Frauen mit schwarzem Schleier unter den Passagieren waren. Als die Fähre mit neuer Last wieder abgelegt hatte, trat der Vater auf den Steg und winkte einen vorbeifahrenden Gondoliere heran. Wie Goethe wollte er in einer Gondel zur Insel der heiligen Klara fahren.

Erst als Judith eingestiegen war, wurde ihr klar, dass nun eine große Enttäuschung auf den Vater zukommen würde, und sie konnte die erste Gondelfahrt ihres Lebens nicht genießen: Die Insel der heiligen Klara, zu der Goethe gefahren war, gab es nicht mehr. Der Gondoliere, der geglaubt hatte, sie wollten zum Hotel Santa Chiara, erwies sich als ein kenntnisreicher Venezianer und erzählte von den Baumaßnahmen in den dreißiger Jahren. Mussolini – Verachtung schwang in seiner Stimme mit – Mussolini habe die Insel verschwinden lassen. Was sagt er über Mussolini, fragte der Vater. Mussolini hat die Autobrücke vom Festland zur Insel der Heiligen Klara erbauen lassen, auf der sich seitdem die Piazzale Roma befindet. Dorthin wolle er fahren. Es ist ein sehr hässlicher Platz voll von Bussen, Autos und Zementbauten, sagte Judith, und um die ehemalige Insel herum können wir sicher nicht mit der Gondel fahren. Den Vater schien diese Auskunft nicht zu bekümmern, er bestätigte seinen Entschluss, zur Piazzale Roma zu fahren, dort seien sie angekommen, an einem grauen Morgen im Mai. Aber ihr seid doch im September nach Venedig gefahren, im Mai hast du sie kennen gelernt, sagte

Judith. Mai und September, murmelte er, so als sei er leicht verwirrt.

Am Hotel Santa Chiara stiegen sie aus, der Gondoliere berechnete ihnen nur zwanzig Minuten, immerhin vierzig Euro, und Judith sagte sich, nicht mehr wahrnehmen, wie viel Geld der Vater mit leichter Hand ausgibt, sonst überstehst du die vierzehn Tage nicht. Vielleicht hatte Paula das nicht ertragen können und war geflohen, das gibt keinen Sinn, das ist kein Scheidungsgrund, vor allem hätte er dann nicht dem Nichtvollzug der Ehe zustimmen müssen. Was hat er ihr nur angetan, der große junge Mann.

Der große alte Mann suchte inzwischen gegen alle Widerstände Goethes Spuren weiter zu verfolgen, eine Fahrt um den Südwestzipfel von Venedig zum Kanal der Giudecca, wenn es die Gondel nicht macht, muss ein Wassertaxi genügen.

Es ist nicht mehr so schön wie zu Goethes Zeiten, sagte die Tochter, wir werden nur an hässlichen Hafenanlagen vorbeikommen. Lass uns doch lieber durch kleine Seitenkanäle zu den Fondamenta delle Zattere fahren, wir können auch zu Fuß gehen, es ist nicht weit.

So als habe sie nichts gesagt, winkte er einem Wassertaxi und forderte sie auf, dem Fahrer die geplante Route zu erklären, ganz außen herum, wiederholte er, ganz außen herum. Also fuhren sie ganz außen herum, und wo es am Hässlichsten war, zitierte der Vater: *Alles, was mich umgibt, ist würdig, ein großes respektables Werk versammelter Menschenkraft, ein herrliches Monument nicht eines Gebieters, sondern eines*

Volks. Hier sei es das italienische Volk unter Mussolini gewesen, fügte er hinzu. Mussolini hat das Volk zugrunde gerichtet, sprach Judith in den Wind, der war heftig und ließ erst etwas nach, als der Taxifahrer im Kanal der Giudecca endlich die Geschwindigkeit drosselte.

Auf die Containerburgen, die Riesenquais, auf Zement und Rost hatte der Vater geschaut, auf die lieblichen Palazzi an den Zattere schaute er nicht.

Nun, da er seine Tagespflicht erfüllt hatte, wollte er so schnell wie möglich in sein Hotel zurück. Judith bat, am Rio San Trovaso aussteigen zu dürfen, suchte sich eine Bank am Kanal der Giudecca und wollte sich mit der zweiten Zigarette des Tages von der Anspannung der letzten Stunden erholen, aber das Feuerzeug war im Hotel geblieben. Auf der nächsten Bank sah sie eine Raucherin, sie ging hin, fragte, ob sie sich zu ihr setzen dürfte und bat um Feuer. Die Frau, eine Italienerin von etwa fünfzig Jahren, blickte Judith sehr freundlich durch dicke Brillengläser an und gab ihr Streichhölzer. Sie saßen die Zigarettenlänge schweigend nebeneinander. Judith schaute auf das Wasser, in dem sich das letzte Tageslicht spiegelte, schaute in Richtung Marghera und erwartete das zu sehen, was sie früher immer schnell von den Zattere vertrieben hatte: die bedrohlichen Feuerzungen, die aus den hohen Schloten der Industrieanlage von Dow Chemical loderten. Sie waren nicht zu sehen. Von ihrer Nachbarin erfuhr sie, dass ein Werk des Konzerns seit etwa einem Monat geschlossen war, nicht wegen der unzähligen Chemieunfälle, nicht wegen der an Krebs erkrankten Arbeiter, nein, auf die Menschen nimmt man keine Rücksicht, sagte die Frau erbittert, es wurde stillgelegt, weil es sich für Dow Chemical nicht mehr rechnete. Die Menschen zählten nicht, die Natur werde zerstört, die Lagune, die kostbare Lagune sei geschädigt. Als Kind, vor mehr als vierzig Jahren sei sie noch in den Kanälen geschwommen. Das werde vielleicht in weiteren vierzig Jahren wieder möglich sein. Die Stadt bemühe sich einen besseren Zustand herzustellen, den Giftschlamm – Blei, Zink und Arsen – aus den Kanälen zu holen.

Sie konnte nicht aufhören zu klagen, sprach von der Hure Venedig, die sich meist bietend verkaufe, kleine einheimische Geschäfte gingen ein, weil die Miete nicht mehr zu bezahlen sei und an ihre Stelle komme ein Laden mit Kinkerlitzchen für die Touristen, möblierte Apartments würden überteuert an Touristen vermietet, und so blieben immer weniger bezahlbare Wohnungen für Venezianer. Und die Touristenmassen, die sich durch die Gassen drängten und sie verschmutzten! Venedig werde täglich von neuem vergewaltigt.

Und sie sprach von ihrer Liebe zu Venedig, an keinem anderen Ort wolle sie wohnen.

Am Abend holte sie den Vater aus seinem Hotel ab. Wo essen wir heute, fragte sie, denn sie hätte gern ein anderes Restaurant ausprobiert, aber das lehnte er entschieden ab, das Essen im Antico Martini sei gut, die Kellner zuvorkommend, die Stühle bequem, und er zog sie wie am Abend zuvor in das

Restaurant, an denselben Tisch, bestellte wieder ohne sie zu fragen.

Judith bemühte sich anfangs, eine Unterhaltung in Gang zu bringen, aber seine Strenge lähmte sie, und sie gab auf, verschloss sich in Erinnerungen an ihre Zeit in Venedig vor fast dreißig Jahren. Ihr gegenüber saß nicht mehr der Vater, da war Sergio, ihr Freund aus alten Tagen, der sehr viel redete, sich sofort unterbrach, wenn er merkte, dass sie etwas nicht verstanden hatte, dass sie etwas sagen wollte, sie anschaute mit seinen hellen Augen, in denen sich die Zärtlichkeit Venedigs spiegelte.

Beim Nachtisch holte der Vater sie in die Gegenwart zurück, wieder einmal mit Goethe, der ihm ein Führer in allen Lebenslagen gewesen sei, besonders der Faust, der habe ihn schon im Tornister begleitet. Judith wollte höfliche Teilnahme bekunden, ihr Zuhören bestätigen mit der Frage, in welchem Tornister, aber das brachte ihn aus dem Konzept und er wechselte das Thema, einen Abendspaziergang wünsche er mit ihr zu machen.

Zu einem Spaziergang hatte sie Lust, aber nicht im Eilgang wie der Vater, den sie schon nach wenigen Sekunden nur als eine Silhouette mit exakt rudernden Armen vor sich sah. Sie ging langsam hinter ihm her, verliebte sich von neuem in Venedig bei Nacht. Auf der kleinen Brücke über den Rio Fenice blieb sie stehen, erleuchtete Fenster standen Kopf im Wasser, ein Licht ging aus, die übrigen erzitterten in den leichten Wellenbewegungen.

In der Calle Larga wartete er auf sie, machte ihr Zeichen, dass sie ihren Schritt beschleunigen solle.

Widerwillig ging sie schneller, er aber eilte schon wieder voraus bis zur Kirche San Moisè, der hässlichsten Kirche Venedigs neben der noch hässlicheren Zementfassade des Hotels Bauer.

Zwischen Kirche und Hotel verschwand der Vater in einer engen Gasse, was wollte er da, es war, als suchte er etwas. Er blickte prüfend auf die Palastwände, und auch Judith schaute hoch und entdeckte den Straßennamen „Calle dei 13 martiri" und eine Gedenktafel.

Hier, genau an dieser Stelle, hatte Sergio vor dreißig Jahren ihr, die damals noch recht unwissend war, Geschichtsunterricht über Italien im Jahr 1943 erteilt. Im Sommer hatte der Große Faschistische Rat in Rom Mussolini entmachtet und gefangen gesetzt. Die Italiener kämpften noch kurze Zeit an der Seite der Deutschen, bis die Regierung Badoglio mit den Alliierten ein Waffenstillstandsabkommen beschloss. Aber die von der Bevölkerung so sehr ersehnte Waffenruhe währte nur kurze Zeit, dann marschierten deutsche Truppen in Nord- und Mittelitalien ein. Mussolini, im September von den Deutschen befreit, rief die Republik von Salò aus, eine machtlose Schattenregierung, die sich willig allen Anordnungen des Deutschen Reiches fügte, auch dem Befehl, die Juden zu deportieren. Überall in den von den Deutschen besetzten Gebieten gründeten sich Partisanengruppen, auch in Venedig, und die venezianische Partisanengruppe legte am 26. Juli 1944 eine Bombe im Ca' Giustinian, wo sich seit 1943 die Kommandozentrale der faschistischen Nationalgarde und deutsche Dienststellen befanden. Zwei Tage später wurden dreizehn angebliche Partisanen, die man wahllos aus dem Gefängnis Santa Maria Maggiore geholt hatte, auf den Trümmern erschossen.

Sergio, damals acht Jahre alt, erinnerte sich, wie er von seinem Fenster am Rio dei Barcaroli aus eine große Staubwolke sah, als der Palast zusammenfiel. Die Schüsse hat er nicht gehört. Seine Mutter hatte ihn schnell zur Großmutter nach Cannaregio gebracht.

Sie trat zum Vater. Du weißt, was hier passiert ist? Er nickte, sagte, er habe sich nur ansehen wollen, wie der Palast wieder aufgebaut worden sei. Hast du ihn denn im Zustand der Zerstörung gesehen, wollte sie fragen, aber er hatte ihr schon den Rücken gekehrt. Sie holte ihn ein, versuchte neben ihm zubleiben, mit ihm zu sprechen, aber er wies sie ab.

Sonnabend, den 30. September 2006

Es war noch nicht neun Uhr, als sie ihr Frühstück beendet hatte. Den Vater sollte sie erst in einer Stunde abholen, es war also noch Zeit für einen Spaziergang. Auf dem Campo San Fantin hatte sich schon die erste Touristengruppe um einen grünen Schirm versammelt. Judith schlüpfte schnell vorbei, in die Calle della Verona. Auf der Brücke über den gleichnamigen Rio blieb sie stehen, Divieto di nuoto, Schwimmen verboten, stand auf einer weißen Platte an einer frisch renovierten Palastfassade. Was hatte sich der Besitzer gedacht, als er das Verbotsschild aus alten Zeiten wieder hatte anbringen lassen? Ein ironischer Fingerzeig auf die Verschmutzung oder Erinnerung an gute alte Zeiten, in denen noch in vielen Kanälen gebadet werden konnte?

Der hellgelbe Palast, der aus dem Wasser emporwuchs und seine Prachtfassade zum Kanal hin zeigte, musste das Hotel Duodo sein. Sie ging ein paar Schritte auf der gegenüberliegenden Uferbefestigung entlang, schaute von da in die düstere Empfangshalle und dann zurück auf die Aussicht, die sich dem Vater bot. Es war kein verfallenes Gemäuer, wie er gesagt hatte, nur ein einfaches Haus, von dem etwas Putz abbröckelte. Nun, ein reizvoller gotischer Palast hätte ihn wahrscheinlich ebenso wenig befriedigt.

Sie bog in die nächste Gasse ein, die Calle de la Madona. Am Anfang war sie noch breit und ansehnlich, nach der ersten Biegung wurde sie hässlicher, nach der zweiten unbewohnbar, eng und dunkel. Sich nicht von der Düsternis einnehmen lassen, sagte sie sich, es kommt immer wieder Licht, und da war es, auf dem Campo Sant'Angelo, der sich weit öffnete, aber nicht gerade zum Verweilen einlud, karg und streng, ohne Baum, ohne Bank.

Der nächsten Platz, der Campo Santo Stefano, war viel lebhafter, auch durch die unterschiedlichen Häuserfronten. Sie schaute herum, entdeckte zwischen zwei ansehnlichen Palästen eingezwängt ein kaum ein Meter breites Haus, eine schmale Tür, darüber ein Fenster, ein abgeschrägtes Dach, auf dem zurückgesetzt noch eine kleine vergitterte Luke zu sehen war. Was mag da wohl geschehen sein, fragte sie sich, dass eine so kleine ärmliche Behausung zwischen Palästen hatte stehen bleiben können – Wohlwollen der Reichen den Armen gegenüber, gesetzlich erkämpftes Recht? Mit dem nun geschärften Blick für das Nebeneinander von Wohlstand und Ärmlichkeit sah Judith noch etwas, das sie, die früher doch so oft hier vorbeigekommen war, nicht wahrgenommen hatte: Einfache Wohnhäuser schmiegen sich an die Kirche San Vidal, und, so als müsse sie ihre derart verborgenen Seiten ausgleichen, zeigt sie den Passanten ihr Gesicht in einer gigantischen Barockfassade.

Auf der großen Brücke bot sich Judith ein ganz und gar nicht venezianischer Anblick: Die ehrwürdige Accademia hatte ihr Ansehen nicht wahren können, hatte sich den Sponsoren unterwerfen müssen: Eine riesige Plane verdeckte sie, von der dem Spaziergänger überlebensgroße, sportlich freudige Jugend entgegen sprang,

Sie ging rechts an der Accademia vorbei, durch eine enge Gasse zum Rio San Trovaso und erblickte gegenüber, vor der Kirche gleichen Namens, die große Pinie, deren Stamm sich über den Rio neigte, so als ob er die mächtige Krone zum Wasser führen wolle. Wenig später wurde der Baum gefällt.

An den Zattere, auf der Brücke über den Rio San Trovaso, spielte sich eine Szene aus den Mühen des venezianischen Alltags vor ihr ab: Eine Mutter mit einen Kinderwagen war vor der Brücke stehen geblieben. Das Kind, ein etwa dreijähriges Mädchen, wollte aussteigen, das ließ die Mutter nicht zu, sie drehte den Wagen um und zog ihn mit dem Kind die Stufen hoch. Judith sah das gequälte Gesicht des Mädchens, fragte, ob sie anfassen solle, aber die Mutter winkte ab, drehte den Wagen wieder um und ließ ihn die Stufen hinunterpoltern, viele Schläge in den kleinen Körper, und Judith fragte sich, ob die derart beförderten Kleinen nicht ein Schütteltrauma erlitten, das sie in den Schlaf verfolgte, sie träumen ließ von ungeheueren Stößen.

Sie blieb auf der Brücke stehen. Die Sonne kam kaum durch die Wolkendecke und ein Dunstschleier ließ Marghera in der Ferne verschwinden. Gegenüber, auf der Giudecca, schienen die Häuser kleiner geworden zu sein. Nur die Stucky-Mühle, ein Koloss hannoverscher Backsteingotik, der bald als Hilton-Hotel ein Treffpunkt für die Reichen sein würde, ragte hervor, bis ein vorbei schleichender riesiger Passagierdampfer sie verdeckte. Judith ging langsam weiter, bis zu dem kleinen Palazzo mit der Gedenktafel für den Komponisten Luigi Nono: MAESTRO DI SUONI E SILENZI. Meister der Klänge und – in der deutschen Sprache gibt es Stille oder Schweigen nicht im Plural. Sie sann darüber nach, stellte sich Stille vor, unterbrochen von Geräuschen, „silenzi" in der Nacht, am Tag, in der Musik, fand aber keine Entsprechung im Deutschen. An einem der nächsten Tage, so fiel ihr ein, gab es ein Konzert im Theater La Fenice mit Werken von Luigi Nono. Vielleicht könnte sie den Vater überreden, mit ihr dorthin zu gehen.

Um zehn Uhr war sie wieder auf dem Campo San Fantin, suchte den Vater, aber er war nicht zu sehen. Sie ging zu seinem Hotel, fragte an der Rezeption nach ihm und bekam die Auskunft, dass Signor Renner nicht im Hause sei. Sie setzte sich in einen der gelben Sessel, schaute auf den Kanal und bröckelnden Putz, bis nach einer Viertelstunde der Vater mit gerötetem Gesicht ankam, er habe sich verlaufen. Judith erinnerte sich, auch Goethe hatte sich nach zwei Tagen verlaufen. Der Vater sagte, er müsse sich nun einen Stadtplan besorgen. Judith konnte ein Lachen kaum unterdrücken, auch Goethe hatte sich am zweiten Tag einen Stadtplan gekauft.

Der Vater kam nach kurzer Zeit erfrischt wieder aus seinem Zimmer herunter, und wiederholte, dass er nun einen Stadtplan kaufen wolle. Das wird nicht leicht sein, sagte Judith, die Kioske, die ich auf meinem Morgenspaziergang gesehen habe, waren alle geschlossen, da viele Zeitungen wegen eines Streiks nicht erschienen sind.

Was für ein Volk, so könne man es doch zu nichts bringen, sagte der Vater, Streiks müssten verboten werden.

Judith schaute ihn mit großen Augen an, wollte etwas sagen, blieb aber stumm.

Da es Sonnabend war, quollen die Calli und Campi von Tagestouristen über, besonders auf der Laufstrecke zwischen Campo Santo Stefano und dem Markusplatz, da war auch kein Ausweichen in weniger belebte Gassen möglich. Zum Markusplatz aber mussten sie, der Führer Goethe sah die Besteigung des Campanile vor. Auf dem Campo San Moisè blieb der Vater stehen und sagte mit einer Spur von Mitleid – oder war es doch eher Verachtung? – *Du lieber Gott! was doch der Mensch für ein armes, gutes Tier ist,* aber das hatte er nicht wie Goethe auf arme Venezianer bezogen, er hatte eine Eigenleistung vollbracht, einige Touristen waren gemeint, und Judith schaute sie sich an: Menschen, die entstellt waren durch unkleidsame Moden, Frauen, die ihre dicken Schenkel in eng anliegenden Hosen zeigten, Männer, die einen Bierbauch vor sich her schoben, auch sie zum Teil nur dürftig bekleidet. Alle ohne Respekt für die ehrwürdige Stadt und ihre Bewohnerinnen und Bewohner.

Judith fühlte sich unwohl in dem Gedränge und versuchte den Vater von der strengen Erfüllung seiner Tagespflicht abzubringen, sagte, siehst du denn nicht, wie viele zum Markusplatz wollen, vor dem Turm wird eine sehr lange Schlange sein, und noch dazu ist es derart dunstig, dass du nur wenig wirst sehen können. Du kannst doch an einem anderen Tag, wenn der Himmel klar ist, auf den Turm steigen. Aber der Vater ließ sich nicht aufhalten.

Der Markusplatz war voll von Tauben und Touristen.

Da sei ja eine lange Schlange vor dem Turm, stellte der Vater fest, er hatte wohl nicht gehört, was ihm die Tochter kurz zuvor mitgeteilt hatte. Er stelle sich niemals in eine Schlange, sagte er.

Was nun? Es war so schwül, sie fühlte, dass ihr Hemd feucht am Rücken klebte und wäre am liebsten ins Hotel zurückgegangen. Der Vater schien bemerkt zu haben, dass sie sich nicht wohl fühlte, fasste sie am Arm und führte sie in das Café Florian. Innen war es erträglicher als draußen, sie setzten sich nebeneinander auf eine der roten Bänke. Judith, dem Vater so nahe, nahm seinen Geruch wahr, und er war ihr nicht unangenehm, ein herbwürziger Duft. Als er sie dann fragte, ja, er fragte sie, was sie zu sich nehmen wolle, fühlte sie sich zum ersten Mal unbeschwert neben ihm und hoffte auf ein leichtes, freundliches Gespräch.

Bald aber verdrängte Goethe wieder einmal die Tochter.

Der Vater legte die Hamburger Ausgabe auf das Tischchen und las in den Eintragungen zum 30. September. Goethe hatte bei klarem Wetter vom Turm aus die Kriegsschiffe gesehen, die nach Algerien auslaufen sollten, ließ er die Tochter wissen. Dann blätterte er zurück, stutzte, blätterte und reichte Judith das Buch, wann sei Goethe auf dem langen *Steindamm an der nördlichen Seite* spazieren gegangen, am 29. oder 30. September? Am 29., sagte sie nach einem kurzen Blick in das Buch, am 29., weil Goethe in der ersten Eintragung vom 30. September den Abendspaziergang vom Tag zuvor beschreibt. Sie schaute den Vater von der Seite an, wie würde er reagieren auf die Erkenntnis, dass sie durch ihrer beider Nachlässigkeit vom Goethepfad abgewichen, dass sie am Tag zuvor nicht an den Fondamenta Nuove spazieren gegangen waren? Er wandte sich ihr zu, sah durch sie hindurch, dann nach oben, und von dort schien die Erleuchtung zu kommen. Fast fröhlich teilte er ihr den neuen Tagesplan mit: Sie solle ihn um 17.00 Uhr vom Hotel abholen, dann würden sie das Versäumte nachholen und zum nördlichen Steindamm gehen. Die Stunden bis dahin wolle er allein verbringen.

Um 17.00 Uhr wartete er schon vor ihrem Hotel. Sie kam etwas verspätet herunter, weil sie sich nur schwer aus einem bleiernen Nachmittagsschlaf hatte lösen können. Der Vater schien munter und unternehmungslustig, sagte, der Portier habe ihm den Weg zum nördlichen Steindamm genau erklärt, sie möge ihm folgen. Judith hatte keine Lust zu folgen und folgte ihm doch, wurde in der engen Calle dei Barcaroli im Gedränge von ihm getrennt, hörte im Vorbeigehen die klagende Stimme einer jungen Frau, warum gehen wir immer da, wo alle gehen, sah den Vater einige Meter vor sich, wie er nach ihr ausspähte, sie erblickte, nicht wartete, weiter eilte, und sie fühlte, wie sich ihr Gesicht voll Missmut verzog. Sie blieb stehen, versuchte ein Lächeln aufzusetzen, es wurde nur eine Maske, gut genug, um sie dem Vater zu präsentieren, der auf dem Campo San Bortolomeo auf sie zu warten schien, sie erblickte, dann doch weiter ging, und Judith beeilte sich nicht ihn einzuholen.

Da auf einmal kam er zurück, ihr entgegen eine Brückentreppe herunter, machte gleich wieder kehrt, die Brücke hinauf, blieb oben stehen und sah sich suchend um, nicht nach ihr, die ihn fast erreicht hatte. Kurz darauf sah sie ihn mit fast beschwingtem Schritt die Stufen hinabeilen, wieder von ihr weg. Bei der nächsten Brücke wiederholte sich das Manöver, die Brücke hinauf und hinunter, wieder zurück, hinauf und hinunter, stehen bleiben, sich suchend umschauen. Was war nur in ihn gefahren, war er verwirrt, wusste er nicht mehr, wohin er wollte, sie musste schnell zu ihm. Vater, rief sie, aber sie kam nicht weiter, der Vater war ganz der alte Befehlsgewaltige, Katharina, rief er, und Judith sah sich um, ob eine Katharina hinter ihr sei, ach nein, die Order galt ihr: Sie solle sich zwei Namen merken, Ponte dell'Olio, und – er zeigte auf eine Tafel seitlich der Brücke – sie möge ihm vorsprechen, was dort stünde, Ponte San Giovanni Chrisostomo, las Judith. Das seien die bisher besten beiden Brücken, die er überschritten habe, in den Abmessungen der Stufen vorzüglich den ergometrischen Bedingungen des menschlichen Körpers angepasst, sie solle es ausprobieren, ein Stück zurückgehen und dann die Stufen hinauf und hinunter eilen.

Habe ich etwas überlesen? Hat Goethe auch die Stufen vermessen? Der Vater überhörte den spöttischen Unterton ihrer Frage, er schien so zufrieden mit sich, wie sie ihn in den zwei Tagen noch nicht erlebt hatte, nein, das sei ihm selbst aufgefallen. Kann ich auch langsam gehen? Auch das, sie solle beides ausprobieren. Judith fügte sich in das Spiel, um dem Vater eine Freude zu machen, ging langsam hinunter, langsam hinauf, dann ein Stück zurück, wartete, bis eine Touristengruppe vorüber war, und eilte dann über die Brücke. Der Vater hatte Recht, es war erstaunlich, wie beschwingt sie die Stufen hatte nehmen können, wie fast unmerklich der Übergang vom Schreiten zum Steigen war. Sie lächelte ihn zustimmend an, und er blieb zufrieden neben ihr, ja er stimmte sogar einer kleinen Pause auf einer Bank auf dem Campo Santa Maria Nova zu.

Vor dreißig Jahren hatte sie hier oft gesessen, unter einem Baum im Schatten, Zeitung lesend, oder in der Sonne mit dem Blick auf den Kanal und auf die Kirche Santa Maria dei Miracoli, die einzige freistehende Kirche in Venedig. Sie wollte dem Vater davon erzählen, sagte, hier in der Nähe habe ich einmal gewohnt, dieser Platz war eine Art Wohnzimmer für mich, denn mein Zimmer war dunkel. Sie wartete auf eine Reaktion, eine Frage, wo war das, wann war das? Konntest du dir kein besseres Zimmer leisten? Irgendetwas, aber es kam nichts, und sie hatte wieder das lähmenden Gefühl, dass ihr die Sprache genommen war. Sie saßen eine Weile so, schweigend, ohne Einverständnis, bis eine alte Frau mit einem lieben Gesicht und einem Hündchen auf dem Arm sich neben den Vater setzte, der daraufhin unvermittelt aufstand. Judith befürchtete, dass die Frau sich verletzt fühlen könnte, und sagte entschuldigend, leicht scherzhaft, ihr Vater könne nie lange sitzen bleiben, er sei immer in Eile. Chi è sempre in fretta, perde l'anima, gab die Frau in gleichem Ton zurück.

Wer immer in Eile ist, verliert seine Seele. Vielleicht hatte der Vater schon immer strebsam eilend seine Pflicht erfüllt, stückweise seine Seele am Weg gelassen und suchte sie nun auf den Brückenstufen. Sie stand auf und suchte ihn, fand ihn auf der nächsten Brücke, seiner neuen Beschäftigung hingegeben. Er wartete auf sie, um ihr den Befund mitteilen zu können, Höhe und Breite der Stufen seien nicht zu vergleichen mit denen des Ponte dell'Olio, er schätze, gemessen an einer Rangskala von eins bis fünf, werde dieser Brücke die Note vier zuteil. Vielleicht sollte ich dir ein Maßband besorgen, sagte Judith und schaute auf das fast stillstehende Wasser, auf die benachbarten kleinen Brücken, die bescheidenen Häuser. Sie war durch den lieblichen Anblick wieder besänftigt und bereute fast, den Vater verspottet zu haben, aber er schien sie wieder einmal nicht gehört zu haben.

Auf dem Campiello Widman, dann in der engen Calle del Fumo blickte der Vater immer wieder in Seitengassen, in der Hoffnung eine Brücke zu erspähen, aber es gab keine mehr, und als sie die Fondamenta Nuove erreicht hatten, blieb er zunächst nicht stehen, um auf das von Goethe Erblickte zu schauen. Die große Brücke zwischen den beiden Anlegern zog ihn an, die ging er nur einmal hinauf und wieder hinunter, sie bekam in der Rangskala der Brücken die schlechteste Note, eine fünf, und erst danach kam Goethe an die Reihe. *Lustig und erfreulich ist der lange Steindamm an der nördlichen Seite,* zitierte er jenseits der Brücke und schien von der Lustigkeit dessen, was er sah, nicht überzeugt zu sein. Vor der Brüstung am Wasser saßen Touristen an Tischen, die zu einem Restaurant gehörten,

Verkehrsschiffe dröhnten vorbei, Baustellen ver-
stellten die Aussicht, und nur hier und da tummelte
sich lustiges venezianisches *Volk*. Sie gingen weiter,
bis das Geisterhaus auf der anderen Seite der Sacca
della Misericordia zu sehen war. Judith blieb stehen
und konnte den Blick nicht von der Lagune lassen.
Im Nordwesten färbte ein Abglanz der unterge-
henden Sonne den Himmel leicht rot, Dunst lag
über der weiten, dunklen Wasserfläche. Murano in
der Ferne war kaum noch zu sehen und verschwand allmählich ganz. Als sie sich umdrehte,
war auch der Vater verschwunden. Sie schaute die
Fondamenta entlang, dann in die nächste Gasse
hinein, von der viele Nebengässchen abgingen,
wartete ein Weile, aber er tauchte nicht wieder auf.

Am Abend beim Essen beklagte er sich darüber,
dass sie ihm nicht gefolgt sei, er habe sich verlaufen, sie müsse ihm einen Stadtplan besorgen.

Sonntag, den 1. Oktober 2006

Goethe hatte ihnen den Sonntag frei gegeben, und
so waren sie erst für den späten Nachmittag verab-
redet. Das war auch gut so, denn sehr viel mehr
Touristen als am Tag zuvor bevölkerten die Stadt,
und noch dazu war es wieder recht schwül.

Judith flüchtete vor der Enge in San Marco an
die etwas ruhigeren Zattere, saß lange in gleißender
Sonne bei einem Espresso auf der Terrasse der
Eisdiele Nico. Über dem Wasser lag ein leichter

Dunst, und das Licht, das hindurch kam, brach sich in kleinen glitzernden Sternen auf der gekräuselten Wasserfläche. Sie nahm bald die Geräusche von den Nachbartischen nicht mehr wahr, schaute nur auf das Wasser und versank in wohltuende Reglosigkeit.

Als sie wieder Lust auf Bewegung verspürte, schlenderte sie in Richtung Salute, wo weniger Touristen sein würden, vorbei an dem Restaurant La Calcina, warum nicht einmal hier essen, abends auf der Terrasse über dem Wasser, aber der Vater hatte einen Wechsel des Lokals ja entschieden abgelehnt. Sie ging weiter, es wurde immer ruhiger.

Beim Ramo degli Incurabili blieb sie erstaunt stehen. Ein etwas zurückliegendes großes altes Tor war in eine Spiegelfront verwandelt worden, und sie sah sich vor dem Hintergrund der silbergrauen Fläche des Kanals und ferner Häuser der Giudecca, ein überraschend festes Bild in der Stadt der bewegten Spiegelungen im Wasser.

Der Name des Ortes, der sich auf das ehemalige Hospital für unheilbar Kranke bezieht, die „Casa degli Incurabili", erinnerte sie an ein Buch, in das sie immer von neuem eintauchen konnte, „Fondamenta degli Incurabili", von einem, der Venedig innig geliebt hatte: Joseph Brodsky. Siebzehn Jahre lang war er, immer wieder, im Dezember für einen Monat nach Venedig gereist, dort sehr glücklich und manchmal auch unglücklich gewesen, in der Stadt des Auges, wie er sie nannte, des Auges, in dem sich tröstliche Schönheit spiegelt und bewahrt wird, zur Wiederkehr verlockend oder als Traum.

Fondamenta degli Incurabili, eine von Brodsky erfundene Ortsangabe, ein Ufer für die Unheilbaren, die Unbelehrbaren, die es nicht lassen können, immer wieder das Licht im Nebel zu suchen.

Als sie beim Rio della Fornace angelangt war und auf die Brücke ging, begutachtete sie unwillkürlich die Stufen: Die Note 2 oder 3 würde der Vater ihnen geben. Zwei oder drei – das war für den Vater eine unerhört wichtige Frage, und sie sah ihn wieder vor sich, wie er eine Brücke hinauf und hinunter ging, Höhe und Breite der Stufen ernsthaft, zu ernsthaft prüfte.

Die Giudecca lag im Sonnenglast. Auf der anderen Seite, den Fondamenta Ca' Bala', ließ klares Licht die sanften Farben der kleinen Palazzi leuchten und das tiefgrüne Wasser des Rio glänzen. Es war so friedlich. Sie ging hinunter, an der hohen Mauer eines alten Salzspeichers vorbei, schaute auf bemooste Stufen, die ins Wasser führten, und beobachtete, wie smaragdfarbene Wellen in unregelmäßigen Abständen auf die Steine schwappten. Sie lauschte den Geräuschen, die dabei entstanden, der Musik des Wasser, wie die Venezianer sagen, hörte dazwischen einen Vogel zwitschern und gedämpft, wie aus einer anderen Welt, Motorengeräusche von den beiden großen Kanälen. Sie lehnte sich an eine von der Sonne erwärmte Hauswand und fühlte sich, umgeben von so viel Schönheit, einfach glücklich.

Schönheit genießen – das konnte der Vater anscheinend nicht, der Arme musste immer eilen und wollte nie verweilen. Der Spruch der alten Frau mit dem Hündchen fiel ihr wieder ein: „Wer immer in Eile ist, verliert seine Seele."

Die leichte Traurigkeit, die sie bei diesen Gedanken überkommen hatte, wich wieder einem Glücksgefühl, als sie auf den Campiello Barbaro kam. Sie blieb lange an den Stufen des Rio sitzen, der sich zum Canal Grande hin öffnete und einen zart rosa Palast von weit her, von der gegenüberliegenden Seite des großen Kanals, in seinen Wassern erzittern ließ. Dann ging sie auf das Brückchen, das sich über den Rio windet, sah zurück auf blühende Rosensträucher in der Mitte des Platzes, auf den Baum, der aus seiner grünen Krone einen knorrigen Ast gen Himmel streckt, auf bescheidene Behausungen und auf den Fluch umwobenen Palazzo Dario. Fast alle seine Bewohner sollen eines unnatürlichen Todes gestorben sein oder finanziellen Ruin erlitten haben. Er ist so lieblich anzusehen, von Grün umrankt, mit den drei hohen gotischen Fenstern und venezianischen Kaminen auf dem Dach. Seit mehr als zehn Jahren steht er leer, ein Amerikaner soll ihn vor kurzem gekauft haben. Möge er den Palast erhalten und sein Glück zu schätzen wissen, dachte sie und war gleichzeitig traurig über den Ausverkauf Venedigs.

Ihre sanftmütige Stimmung hielt bis in den frühen Abend hinein an, auch als sie den Vater traf, der anfangs leicht gereizt war, weil er keinen Plan hatte. Zu den Zattere wollte er nicht. Wir könnten den Sonnenuntergang dort erleben, schlug Judith ihm vor. Sie möge sich den Himmel anschauen, bedeckt und grau, es werde nicht viel zu sehen sein. Schließlich konnte sie ihn dazu überreden, sich einfach hinzusetzen und einen Aperitif zu trinken. Auf dem Campo Santo Stefano fanden sie einen Tisch in der hinteren Reihe des Paolin. Der Vater bestellte für sich ein Glas Weißwein, sie nahm einen Spritz, ein köstliches Getränk: zu drei Teilen Mineralwasser, Weißwein und Cynar oder Aperol.

Was hast du den ganzen Tag gemacht? versuchte Judith ein Gespräch einzuleiten. Die „Iphigenie" habe er gelesen, sagte er. Warum gerade die „Iphigenie" in Venedig? fragte sie. Wie ein Lehrer über die Unwissenheit seiner Schülerin schüttelte er den Kopf und teilte ihr dann mit, dass Goethe während seines Aufenthaltes in der Lagunenstadt die „Iphigenie" überarbeitet hatte. Er nun habe das Drama in der an diesem Ort gewonnenen Form auf sich wirken lassen wollen. Judith, noch immer sanftmütig, erlaubte sich keinen spöttischen Kommentar und hörte ergeben zu, wie der Vater die Menschlichkeit des Tyrannen lobte.

Aber du hast doch wenigstens einen kleinen Spaziergang gemacht? Nein, er sei den ganzen Tag im Hotel geblieben. Merkwürdig, sie hatte ihn doch gesehen, am frühen Nachmittag im Frari-Viertel, er schaute an Häusern hoch, so als suchte er etwas und verschwand dann auf einmal in der Calle dell'Amor degli Amici, in der Gasse der Freundesliebe. Was suchte er da nur? Vielleicht hatte auch Paula ihn dort gesehen, mit einem Mädchen im Arm. Nein, das war auch damals kein ausreichender Grund, um eine derart schnelle Scheidung zu erwirken, es sei denn, Eduard Renner hatte in den vorgeschobenen Nichtvollzug der Ehe eingewilligt, weil er die andere Frau heiraten wollte.

Hast du noch einmal geheiratet? Der Vater schüttelte nur den Kopf, wirkte verschlossen. Es hatte keinen Sinn, weiter nachzufragen.

Sie beobachtete die Vorübergehenden, die letzten Touristen des Tages und junge venezianische Familien, die sich lebhaft begrüßten, spielende Kinder, ein fröhliches Bild, und sie wünschte jemanden neben sich zu haben, dem sie sich mitteilen könnte. Der Vater schien nichts wahrzunehmen, er blickte starr vor sich hin.

Das allabendliche Essen im Antico Martini verlief nicht viel besser. Der Vater bemängelte, dass die Tochter nur einen Gang bestellte, in einem solchen Restaurant nehme man wenigstens drei Gänge zu sich, dann folgte langes Schweigen, und Judith hatte wieder das Gefühl, als könne sie kein Wort mehr hervorbringen, ohne etwa Falsches zu sagen.

Beim Espresso bat der Vater, den gemeinsamen nächsten Tag schon um 9.00 Uhr beginnen zu lassen, auch möge sie doch bitte herausfinden, wo die Carità sei. Zu dem Zweck reichte er ihr die Hamburger Ausgabe und den Stadtplan, den der Portier ihm gegeben hatte.

Er hat gebeten, nicht angeordnet. Vielleicht liegt es auch an mir, dass wir nicht reden können, vielleicht bin ich zu abweisend, vielleicht er braucht mehr Zuneigung.

Ich wünsche dir eine gute Nacht, Vater, und morgen bin ich pünktlich um 9.00 Uhr bei dir.

Er sagt nichts. Er schaut mich an, versucht ein Lächeln, das ist doch schon etwas. Gute Nacht, Vater, rief sie noch einmal und ging dann leicht davon, kam wieder in ihrem Venedig an, im dunklen Kolonnadengang hinter dem Theater, von der warmen Abendluft umfangen.

An einem schwarzen Kanal blieb sie verzaubert stehen, vor einem kleinen Palazzo, der aus dem Wasser empor zu wachsen schien. Wie durch eine Laterna magica konnte sie durch zwei hohe Fenster in einen hell erleuchteten Saal mit einer Freskendecke schauen, in sanfte Farbenpracht, betörend wie ein Märchen aus goldenen Zeiten.

Montag, den 2. Oktober 2006

Der Tag versprach schön zu werden. Judith beugte sich über das Gitter ihres Fensterchens, blickte auf zu dem tiefblauen Himmel und spürte frische, klare Luft.

Als sie aus dem Hotel trat, sah sie den Vater schon an dem Brunnen neben der Kirche San Fantin auf sie warten. Er ließ sich auf dem Stadtplan die Carità zeigen, bestätigte sein Vorhaben mit Goethes Worten: *Vor allem eilte ich in die Carità,* und dann eilte auch er, so als müsse er den beschleunigten Schritt seines Meisters nachahmen.

Die Carità ausfindig zu machen war leicht gewesen In den ehemaligen Gebäuden der alten Carità befindet sich seit zweihundert Jahren die Accademia, die Akademie der schönen Künste.

Sie hatten Glück und fanden keine Schlange vor dem Eingang, bekamen schnell ihre Eintrittskarten und stiegen hinauf zu den Ausstellungsräumen. Im ersten großen Saal zog der Vater Judith zu einer Aufseherin, sie solle fragen, wo sich das Werk des von Goethe so geschätzten Architekten Palladio befinde. Der große Hof ist für das Publikum nicht zugänglich und die Wendeltreppe am Ende des Korridors auf der hinteren Seite auch nicht, war die Auskunft.

Kein Palladio? Das ging nicht an. Der Vater stand schon vor dem Raumplan, dort liege der Hof, es müsse Fenster geben, durch den man ihn sehen könne, und er eilte durch den ersten Saal, ohne auch nur einen Blick auf die byzantinische Sakralkunst zu werfen, ging in den nächsten, der hatte keine Fenster, dann endlich verschaffte er sich Ausblick, indem er eine weiße Innenmarkise etwas zur Seite schob, sich gleich darauf umdrehte und nach seiner Katharina rief, sie solle kommen und lesen, ihm laut vorlesen, damit er betrachten könne und Judith las: *Aus dem Vorhof tritt man in den innern großen Hof. Von dem Gebäude, das ihn umgeben sollte, ist leider nur die linke Seite aufgeführt, drei Säulenordnungen übereinander, auf der Erde Hallen, im ersten Stock ein Bogengang vor den Zellen hin, der obere Stock Mauer mit Fenstern.* Der Vater schaute, dann schob er die Tochter vor den Spalt. Eine ausgewogene, schlichte Fassade, sagte sie, nur schade, dass die Hallen und der Gang vor den Zellen verglast worden sind. Das musste vom Vater überprüft werden, er schob sie beiseite, gab ihr Recht, erst dann wäre es ein wahrhaft *himmlischer Anblick*. Sie möge nun den Schluss der Eintragung lesen: *Du liebes Schicksal, dass du so manche Dummheit begünstigt und verewigt hast, warum ließest du dieses Werk nicht zustande kommen!*

Nachdem die Andacht beendet war, wollte der Vater sofort zu der von Palladio erbauten Wendeltreppe gehen. Judith mochte noch nicht weiter eilen, versuchte den Blick des Vaters auf andere Schätze der Accademia zu lenken: Möchtest du dir nicht auch Giovanni Bellini – schau hier, der Heilige Petrus, in den Lokalfarben von Venedig, wie Goethe sagen würde – möchtest du nicht Bellini, Tizian und Veronese anschauen? Der Vater reagierte nur auf den Namen Veronese, ja, den Paul wolle er sehen. Judith unterdrückte die Bemerkung, dass die von Goethe verwendete Eindeutschung nicht mehr üblich sei, und suchte, ganz fügsame Tochter, einen „Paul" für den Vater. Sie fand gleich den „büßenden Hieronymus". Der Vater betrachtete das Gemälde mit der Miene eines Kunstkenners, runzelte die Stirn und gab sein Urteil bekannt: Der Verfall des Hüttendaches sei sehr realistisch gemalt. Warum aber, so frage er sich, trage der Büßer einen so kostbaren Lendenschurz, der passe nicht in die karge Umgebung. Noch dazu seien das Tuch und der merkwürdige Hut in der Farbe der Weiblichkeit, dem Rosa. Ob sie ihm erklären könne, was das solle. Judith wollte es ihm erklären, wollte auch seine Wahrnehmung des Farbtons korrigieren – es war ein sanftes Kardinalsrot, denn Hieronymus war ein Kardinal. Aber der Vater war schon weiter geeilt.

Sie fand ihn wieder vor dem „Gastmahl Christi im Hause Levi" von Paolo Veronese. Leicht gebückt schritt er vor dem riesigen Gemälde hin und her, winkte sie dann heran, um ihr das Ergebnis seiner Betrachtung mitzuteilen. Hier war ihm nicht nur das Rosa ein Stein des Anstoßes, wie sie dem Unterton der Empörung in seiner Stimme entnehmen konnte. Sie solle genau hinschauen: Der „Paul" habe den hohen Gast und die zahlreichen dienenden Negerjungen farblich gleich gestellt! Judith schaute hin, überprüfte mehrmals, was sie sah, und es stimmte: Das zart glänzende Rosa im Gewand des hohen Gastes Christus wiederholte sich in der Kleidung der drei schwarzen Diener, und es war nirgendwo sonst in dem Bild zu sehen.

Eine interessante Beobachtung, sagte sie und fand den „Paul", von dem sie wenig wusste, sehr sympathisch.

Dann verlangte der Vater, dass sie ihn endlich zu der Wendeltreppe führen solle, und Judith führte ihn zum hinteren Korridor, an dessen Ende sich die berühmte Treppe von Palladio befindet. Eine rote Kordel versperrte den Zugang. Die Museumswärterin war so freundlich, die Kordel zu lösen und ihnen einen Blick auf die Treppe zu erlauben. Der Vater meinte freien Zugang zu haben, ging auf die ersten Stufen zu, *man wird nicht müde, sie auf- und abzusteigen*, hatte Goethe ja geschrieben, und er war empört, als es ihm verwehrt wurde, er habe schließlich Eintritt bezahlt, er habe das Recht, die Treppe zu besteigen, das solle sie der Frau sagen, die zum Glück kein Deutsch verstand.

Du hast als über 65-jähriger Bürger der EU keinen Eintritt bezahlen müssen, sagte Judith, und selbst wenn du bezahlt hättest, könntest du die Treppe nicht besteigen, unten ist alles geschlossen, es wird renoviert, außerdem muss ein solch kostbares Kulturgut geschont werden, schau sie dir an, die *schönste Wendeltreppe der Welt.*

Sie ist wirklich sehr schön, die kleine ovale Treppe, freitragend, ohne Mittelstützen schwingt sie sich hinunter. Der Vater betrachtete sie lange, vielleicht suchte er abzuschätzen, ob die Stufen die Note 1 verdienten. Dann strebte er dem Ausgang zu, ohne einen Blick in die obere Halle der ehemaligen Kirche zu werfen. Er wäre auch an dem „Tempelgang Mariae" von Tizian vorbeigelaufen, der die ganze Stirnwand des letzten Saales einnimmt, wenn Judith ihn nicht daran erinnert hätte, dass Goethe auch Tizian erwähnt hatte. Ein großes Werk, sagte der Vater und blieb nur kurz stehen.

Jetzt schauen wir uns Palladios Kirchen an, sagte Judith, als sie wieder draußen unter dem strahlend blauen Himmel waren. Der Vater widersprach, Goethe habe die Kirche des Erlösers erst am 3. Oktober besichtigt, folglich sei das erst am nächsten Tag auf dem Plan. Judith ließ sich das Buch geben, blätterte vor und zurück und gab dem Vater zu bedenken, dass Goethe wahrscheinlich einen Tag nur dem Palladio gewidmet hatte. Die Eintragungen zur Erlöserkirche und zu San Giorgio könnten sich auf den Tag vorher beziehen, denn am 3. Oktober hatte er den langen Irrgang zur Kirche der Mendicanti unternommen, da wäre nicht mehr viel Zeit für die beiden Kirchen des Palladio geblieben. Der Vater nahm ihr das Buch aus der Hand, suchte nach seiner Brille, fand sie nicht, resignierte, da müsse er ihr wohl glauben.

Sie wollte das kurze Stück bis zu den Zattere zu Fuß gehen und dann mit dem Vaporetto zur Giudecca hinüberfahren. Er lehnte das entschieden ab, das *Dampfschiff* sei ihm zuwider, er wolle wie Goethe mit einer Gondel fahren. Gondeln dürfen den Kanal der Giudecca nicht befahren, erinnerte sie ihn, aber das glaubte er ihr nicht und drängte sie einen Gondoliere zu fragen. Judith hatte keine Lust, dem ohnehin etwas gereizten Vater zu widersprechen, ging zu einem der Gondolieri am Fuße der Accademia-Brücke und bekam die erwartete Auskunft, Gondeln dürfen nicht auf dem Giudecca-Kanal fahren, das sei zu gefährlich. Dann solle sie ein Wassertaxi beschaffen, sagte der Vater. Judith ging zur nächsten Telefonzelle, fand dort eine Taxinummer und speicherte sie für alle Fälle auf ihrem Handy.

Der Vater hatte inzwischen seine Brille wieder gefunden, und als sie vom Rio della Fornace aus auf die Kirche zufuhren, schallte seine Stimme durch den Motorenlärm: *Die Kirche Il Redentore, ein schönes, großes Werk von Palladio, die Fassade lobenswürdiger als die von St. Giorgio"*. Judith war leicht gereizt, mochte dem Vater und seinem Goethe nicht mehr folgen, und vielleicht fand sie darum den Anblick des gerühmten Baus eher komisch als erhebend. Die Glockentürmchen sahen für sie wie Eselsohren aus, die mächtige Kuppel saß fett wie ein Glucke auf dem schmalen Langhaus und vor allem war da zuviel schwerer grauer Stein, und grauer Stein, so fand sie, könne mit den Hauptelementen von Venedig, dem Wasser und dem Licht, nicht die bezaubernde Verbindung eingehen wie die fein gegliederten lichten Fassaden der venezianischen Gotik, die für sie den wahren architektonischen Reiz der Lagunenstadt ausmachten.

Inwendig ist Il Redentore gleichfalls köstlich. Der Innenraum mit den korinthischen Säulen, vollendet in den Proportionen, hellte ihre Stimmung wieder auf, vermittelte ihr ein Gefühl der Klarheit, Ruhe und fast Heiterkeit, und so konnte sie Goethe hier zustimmen..

Das Taxi hatte gewartet und brachte sie schnell zu San Giorgio. Judith betrachtete vom Wasser aus die Fassade der Kirche und ließ ihr mehr Lob zukommen als Goethe, da die Proportionen stimmten: Die Front des Langhauses ist breiter, die Eselsohren sind nicht ganz so lang, und der hohe Campanile, fast ein Abbild seines Bruders auf dem Markusplatz, gibt dem ganzen wenigstens etwas Venezianisches.

Der Vater durchmaß die Kirche, ohne auch nur einmal stehen zu bleiben, denn Goethe hatte ja nichts erwähnt, das zu betrachten wäre.

Judith entdeckte im hinteren Teil der Kirche den Aufzug zum Turm, und sie ging zurück, um den

Vater zu suchen. Er wollte gerade wieder hinausgehen, als sie ihn erreichte. Du solltest hier auf den Turm fahren, sagte sie, auf dem Markusplatz wird immer eine Schlange vor dem Campanile stehen, hier brauchst du dich nicht mit anderen im Fahrstuhl zu drängen, das Wetter ist phantastisch, du wirst eine herrliche Aussicht haben. Er zögerte, ging dann zurück in die Kirche, setzte sich und blickte hoch in das Kuppelgewölbe, so als könne ihm von dort Erleuchtung kommen. Sie kam nicht. Da senkte er den Kopf, stützte ihn, den Ellenbogen auf dem Knie, in klassischer Denkerstellung mit der Hand ab. Dann endlich teilte er ihr das Ergebnis seines langen Nachdenkens mit: Der drangvollen Enge ausweichen, das sei ein überzeugendes Argument und Goethe werde einem alten Mann verzeihen, dass er den bequemeren Weg zur Aussicht nehme. Merkwürdig nur sei, dass Goethe diesen Turm weder bestiegen noch erwähnt habe.

Judith hatte auf einer Tafel die Geschichte des Campanile von San Giorgio gelesen: Er war ein Jahrzehnt vor Goethes Besuch eingestürzt und erst 1791 wieder fertig gestellt worden. Der Vater war mit der Erklärung zufrieden und ließ sich zum Fahrstuhl führen.

Die Aussicht war hinreißend. Im Süden die Lagune, der Lido und das Meer, im Norden die Bergkette der Dolomiten, im Westen die Eselsohren der Kirche Il Redentore, die Euganeischen Hügel in der Ferne und unter ihnen Venedig. Oben geschah eine kleines Wunder: Der Vater bedankte sich bei der Tochter.

Dienstag, den 3. Oktober 2006

Am nächsten Tag machte das von Goethe vorge-
schriebene Unternehmen den Vater immer miss-
mutiger. *Den Plan in der Hand suchte ich mich durch die
wunderlichsten Irrgänge bis zur Kirche der Mendicanti zu
finden.* Er hatte die Kirche nicht auf dem Plan gefunden, bat an der Rezeption um Auskunft. Das ist
die Kirche an den Fondamenta dei Mendicanti, San
Lazzaro dei Mendicanti, sagte der junge Mann und
tippte mehrmals mit dem Finger auf den Plan. Dort
sei die Kirche, bestätigte der Vater und tippte eben-
falls auf den Plan, aber die Tochter wollte immer
alles besser wissen, schaute in den Anmerkungen
der Hamburger Ausgabe nach, San Nicolò dei
Mendicoli war dort angegeben, sie befinde sich im
Nordosten der Stadt: Dort war sie aber nicht. Im
Südwesten sei sie, sagte der junge Mann und legte
seinen Finger fest auf eine Stelle im Südwesten.

Was ist falsch in der Anmerkung, der Name o-
der die Himmelsrichtung, fragte sich Judith, und
der Vater wurde immer ungeduldiger, versetzte
dem Tresen wiederholte kleine Schläge mit der
Hand, während Judith sich die Umgebung von San
Nicolò genau auf dem Plan anschaute. Hinter der
Kirche war der Campiello dell'Oratorio – hatte
Goethe nicht ein Oratorium erwähnt? – und sie las:
Hier ist das Konservatorium, welches gegenwärtig den meis-

73

ten Beifall hat. Die Frauenzimmer führten ein Oratorium hinter dem Gitter auf.

Sie zeigte dem Vater auf dem Stadtplan den Campiello dell'Oratorio, las ihm noch einmal die Stelle vor, und er hörte und sah sich misstrauisch an, was für San Nicolò im Südwesten sprach, fand keine überzeugenden Gegenargumente und ging wortlos zum Ausgang. In der engen Calle Minelli blieb er mit dem geöffneten Stadtplan stehen, versperrte einer mit Einkaufstaschen beladenen Frau den Weg und trat erst beiseite, als Judith ihn dazu aufgefordert hatte. Auf dem Campo San Fantin sah er sich um, so als sei er zum ersten Mal dort. Dann folgte ein langer Blick in den Stadtplan. So war es bei jeder Abzweigung, stehen bleiben, den Plan befragen, dann mit kurzen steifen Schritten weitereilen. Wenn es zu *wunderlichsten Irrgängen* kam, wenn der Vater mit flatterndem Stadtplan vor und zurück lief, wenn er gar in einer Sackgasse vor einem Kanal landete, dann fiel ein strafender Blick auf Judith, und, wie es sich für eine reuige Sünderin geziemt, senkte sie ihr Haupt.

Zum Glück begünstigte das Wetter dieses langwierige Unternehmen, die Luft war klar und es wehte ein frischer Wind. Dennoch war dem Vater auf den Fondamenta delle Terese, kurz vor dem Ziel, die Ermüdung anzumerken. Er ging sehr langsam, schaute auf den Boden, so als müsse er jeden Stein des Pflasters prüfen, und er nahm nicht wahr, was Judith innehalten ließ: die sieben aprikosenfarbenen kleinen Reihenhäuser, mit sieben auf dem Boden ansetzenden, sich nach oben verjüngenden

Kaminen, Arbeiterhäuschen aus dem 18. Jahrhundert, die Sergio ihr einmal gezeigt hatte.

Noch vor der Brücke holte sie den Vater ein, und sie betraten gemeinsam durch das Seitenportal die Kirche. Der Vater setzte sich gleich auf eine Bank, die linke Hand auf dem Knie, die rechte klatschte rhythmisch auf den Oberschenkel. War er derart nervös und gereizt oder wollte er sich das Klappen des Taktes, mit dem der *vermaledeite Kapellmeister* Goethes *trefflichen Genuss* störte, in Erinnerung rufen. Wo sonst war Goethe hier wieder zu finden, es waren ja keine singenden *Frauenzimmer* und auch kein Kapellmeister da. Über die Kirche hatte er nichts geschrieben. Der Vater schien sie gar nicht wahrzunehmen, die anheimelnde dunkle Basilika, der jedes Jahrhundert etwas von dem ihm eigenen Stil mitgegeben hatte.

Sie solle ihm ein Taxi rufen, sagte er. Judith rief ein Taxi, half ihm hinein, winkte zum Abschied, aber er sah nicht zurück.

Sie ging durch das alte Viertel der Fischer und Handwerker zu den Zattere, genoss den frischen Wind, freute sich über eine große hellblaue Schleife an einer Haustür, die die Geburt eines neuen Venezianers anzeigte. Als sie an dem Restaurant La Calcina vorbeikam, fiel ihr ein, dass das Antico Martini dienstags geschlossen hatte, und ohne lange zu überlegen, ging sie hinein und bestellte einen Tisch für den Abend, auf der Terrasse über dem Wasser.

Für den späten Nachmittag hatte sie sich einen Ausflug in Venedigs kulturelles Leben vorgenommen. Kurz vor halb sechs suchte sie den Eingang zum Ateneo Veneto, der venezianischen Akademie, die sich die Verbreitung von Wissenschaft, Kunst und Literatur zur Aufgabe gemacht hat. Sie gesellte sich in der Calle della Verona zu zwei älteren Herren, die wartend vor einem Eingang standen, fragte, ob sie hier richtig sei zur Vortragsreihe über venezianische Literatur im Cinquecento, und bekam freundlich Auskunft: Der Vortrag finde im oberen Saal statt, in der Sala Tommaseo. Sie stieg die steile, mit einem roten Läufer belegte Treppe hinauf, kam in einen kleinen Saal, setzte sich und fühlte sich gleich wohl. Um sie herum waren, der Sprache und Kleidung nach zu urteilen, nur Venezianer und Venezianerinnen, von denen einige sich kannten, und – welch ein Trost – sie war nicht die einzige, die schwitzte, einem sympathischen Dicken trat der Schweiß durch das Seidenhemd. Der Saal war großartig und anheimelnd zugleich, großartig durch die Gemälde an allen Wänden. Den oberen Teil der Frontseite schmückte ein sehr großes Bild, ein Gastmahl darstellend, wahrlich mehr für das Auge als in der Göttinger Aula, wo fünf alte Fritze, wer auch immer sie waren, in Militäruniformen in den Saal herunter starren. Anheimelnd war die Nähe zum einfachen Leben: Durch zwei hohe gegenüberliegende Fenster im vorderen Teil sah Judith auf der einen Seite in einen Innenhof, in dem Wäsche auf Leinen von Fenster zu Fenster hing, auf der anderen Seite lehnte sich ein Junge aus einem Dachfenster und spielte mit einer Katze. Gleichzeitig hörte Judith die einleitenden Worte der engagierten Moderatorin: Venedig dürfe nicht auf eine zementierte Laufstrecke, auf eine Postkartenansicht reduziert werden. Nicht in Vergessenheit geraten dürfe das Wissen über seine kulturellen Leistungen, und die waren im Cinquecento bedeutend, besonders für die Weiterentwicklung der italienischen Sprache, wie Judith aus dem folgenden Vortrag erfuhr.

Auf dem Campo San Fantin kam der Vater aufgeregt auf sie zu, seine Welt war in Unordnung geraten, wie Judith aus der mehrfach wiederholten Mitteilung, dass „sein" Restaurant geschlossen sei, entnehmen konnte. Sie teilte ihm freudig mit, dass sie das gewusst und darum einen Tisch in der „Calcina" an den Zattere für sie bestellt habe, und sie erwartete ein kleines Lob. Es kam nicht, nur eine brummige Zurückweisung, zu den Zattere, das sei zu weit, sie hätte ihn vorher fragen sollen. Die Tochter entschuldigte sich für ihr eigenmächtiges Handeln, bat ihn, ihr den Wunsch zu erfüllen, einmal abends am Wasser zu sitzen und fasste ihn bei der Hand. Er entzog sie ihr, schien aber besänftigt zu sein. Sie solle ein Taxi rufen, denn besonders die große Brücke vor der Accademia zu bewältigen sehe er sich nicht imstande, wenngleich die Stufen in ihren Abmessungen vorzüglich seien.

Judith hatte im Laufe der Tage bemerkt, dass es dem Vater in allzu großer Nähe anderer unbehaglich war, und darum einen Tisch, der am wenigsten Berührung mit Nachbartischen hatte, in der Ecke direkt am Wasser bestellt. Der Vater schien zufrieden zu sein, seine Züge lockerten sich. Sie schaute ihn lange an und fand ihn fast wieder liebenswert.

Gefällt es dir hier? fragte sie ihn. Ach, aber es gab keine gerade Antwort auf die so leichte Frage, es gab stattdessen nur ein gemurmeltes Zitat: *Werd' ich zum Augenblicke sagen: Verweile doch! Du bist so schön!...*

Geht denn nichts ohne Goethe? Judith schüttelte unwillig den Kopf, und der Vater fühlte sich bemüßigt eine Erklärung hinzuzufügen, er habe von Kindheit an Müßiggang als ein Laster zu empfinden gelernt, den Augenblick zu genießen, das sei ihm fremd, aber er danke ihr, es sei angenehm, am Wasser zu sitzen.

Er hat sich wenigsten bei mir bedankt, dachte sie. Aber der schöne Augenblick der Zuneigung war dahin.

Ein töchterliches Gefühl erfasste sie wieder, als sie auf dem Rückweg den Arm des Vaters schwer auf ihrem spürte, er brauchte eine Stütze, der müde alte Mann. Sie hatte zunächst Mühe, sich seinen kurzen Schritten anzupassen, dann fand sie sich in seinen Rhythmus ein, und sie gingen eine Wegstrecke miteinander.

Auf dem Campo San Fantin bat er sie, ihn in sein Hotel zu begleiten, er wolle ihr noch etwas geben. Sie wartete in der gelblich düsteren Vorhalle, bis er wieder herunterkam und ihr ein Büchlein in die Hand drückte, die „Venezianischen Epigramme" von Goethe, es sei die vollständige Fassung.

Im Schneidersitz auf ihrem Bett machte sie sich an die neue Pflichtlektüre und seufzte bald laut auf:

O Venedig, wie sehr hat er dich verachtet, der deutsche Dichterfürst, sieht dich im Kot, voll von Dirnen und Betrüger, verspottet den heiligen Markus, deinen Patron, nennt ihn einen „geflügelten Kater". Selbst die Frösche leiden in der Lagunenstadt – eine merkwürdige Spezies, die Goethe im Salzwasser leben lässt!

Unglückselige Frösche, die ihr Venedig bewohnet!
Springt ihr zum Wasser heraus, springt ihr auf hartes Gestein

Zwei Zeilen, die angestrichen waren, erschreckten sie:

Deutsche Redlichkeit suchst du in allen Winkeln vergebens;
Leben und Weben ist hier, aber nicht Ordnung und Zucht.

Wollte der Vater ihr damit etwas von seinen Maximen mitteilen? Dessen bedurfte es nicht, denn er zeigte ihr ja täglich, stündlich, wie wichtig *Ordnung und Zucht* für ihn waren. Also hatte sie die Anstreichung als bekräftigenden Fingerzeig zu verstehen: Siehe, meine Tochter, der bin ich.

Als sie schläfrig wurde und das Buch weglegen wollte, machte das Epigramm Nummer 144, das der Vater mit einem dicken Ausrufzeichen versehen hatte, sie wieder hellwach:

Knaben liebt ich wohl auch, doch lieber sind mir die Mädchen,
Hab ich als Mädchen sie satt, dient sie als Knabe mir noch.

Der Gedanke, dass Eduard Renner die Mutter gegen ihren Willen als „Knaben" benutzt haben könnte, drängte sich ihr auf und ließ sie nicht los. Paula hatte sich vergewaltigt gefühlt, sich geschämt und darum ihre erste Ehe verschwiegen.

Aber bald verwarf sie diese Vorstellung. Das Schweigen beider Ehepartner erklärte sich so nicht. Wahrscheinlicher erschien ihr, dass der Vater homosexuell war, er hatte ja nicht wieder geheiratet. Sie stellte sich vor, wie Paula ihren Eduard in der Calle dell'Amor degli Amici in innigster Umarmung mit einem jungen Mann gesehen hatte, verstört weggelaufen war, ihre Sachen zusammenpackte, ohne ein Wort gehen wollte, dann doch auf Eduard wartete, ja, sagte er, er schlafe auch mit Männern, und da verließ sie ihn. So könnte es gewesen sein, sagte sich Judith.

Oder doch nicht. Das Schweigen der Mutter erklärte sich damit nicht, sie hatte sich doch schon früh für die Rechte der Homosexuellen eingesetzt, sie hätte doch über den Vater sprechen können, nachdem Homosexualität nicht mehr unter Strafe stand, hätte ihn doch nicht völlig aus ihrem Leben streichen müssen.

Es war ihr so wirr im Kopf, sie brauchte Luft und schob alles, was sich diesem ihrem Bedürfnis in Gedanken entgegenstellte, beiseite – die schmale, enge Treppe hinunter in den zweiten Stock steigen, die nicht ganz so schmale, aber auch sehr steile in den ersten, dort den Schlüssel an der Rezeption abgeben und ein Gesicht aufsetzen, so als sei es selbstverständlich, dass eine Frau nach 22.00 Uhr noch einmal allein ausgeht, dann die letzte Treppe mit den vielen steilen Stufen zur Haustür hinabsteigen.

Sie ging lange ziellos umher, hörte ihre Schritte in den nunmehr fast menschenleeren Gassen widerhallen, kam aber keinen Schritt voran bei der Lösung ihrer Frage.

Mittwoch, den 4. Oktober 2006

Als sie am Morgen in die Halle des Duodo kam, wartete schon ein Taxi am Steg. Der Vater wollte in das Museum für moderne Kunst, ein Freund habe ihm empfohlen, sich dort die Werke von Adolf Wildt anzusehen.

Judith horchte auf. Er hatte einen Freund. Vielleicht traf ihre Vermutung vom Abend zuvor, dass er homosexuell sei, doch zu. Sie wollte mehr erfahren über diesen Freund. Erzähl mir von ihm, kennt ihr euch schon lange, wie oft siehst du ihn?

Das Motorengeräusch erschwerte die Verständigung, sie musste ihre Frage wiederholen, verkürzte sie, siehst du ihn oft. Nein, er treffe ihn nur bei den Versammlungen. Bei welchen Versammlungen? Bei denen einer Gesellschaft, deren Mitglied er sei, Thule, fügte er murmelnd hinzu. Mit der Antwort musste die Tochter sich begnügen, der Vater hatte zu verstehen gegeben, dass er nicht mehr sagen wollte über den Freund, der nach ihrem Verständnis nur ein Bekannter war.

Thule – hatte das etwas mit Goethe zu tun? *Es war ein König in Thule gar treu bis an sein Grab,* ein Klub für Goetheverehrer, die sich verpflichtet haben, bei jeder Gelegenheit Goethe zu zitieren?

Im Ca' Pesaro, gleich in der großen Eingangshalle mit der schweren Holzbalkendecke, stand eine Skulptur von Adolfo Wildt: Parsifal, der reine Thor, ein abgehärmtes Gesicht, mit leeren Augen sentimental nach oben schauend. Judith versuchte ihr Missfallen zu verbergen, um dem Vater den Kunstgenuss nicht zu verderben. Er prüfte das Werk von vorn und hinten und tat durch ein kräftiges Nicken sein Einverständnis mit dem Geschauten kund. Dann wandte er sich der Treppe zu, eine gute Treppe, Note zwei, murmelte er und ging ohne etwas anzuschauen durch die ersten beiden Säle.

Sie blieb im zweiten Saal fasziniert vor einem Gemälde von Gustav Klimt stehen, „Giuditta II". In Klammern war „Salome" hinzugefügt, und das fand sie merkwürdig, denn da war nicht das naive Mädchen zu sehen, das, von der Mutter angestiftet, als Preis für seinen Schleiertanz das Haupt Johannes des Täufers verlangte und es auf einem Tablett überreicht bekam. Sie sah nur Judith, die junge fromme Witwe, die sich in das Feldlager des Holofernes eingeschlichen hatte, ihn in verführerischem Gewand betörte, ihm in seinem Trunkenheitsschlaf das Haupt abschlug und so die belagerte Stadt der Juden errettete.

Sie kannte verschiedene Varianten der Geschichte, aber keine hatte sie ihrer großen Namenschwester nahe bringen können, auch nicht die

Judith I von Klimt: Die strahlende Siegerin, die monatelang gefeiert wird und mit dem geretteten Volk tanzt, wie es in dem „Buch Judith" überliefert ist.

Klimts zweite Judith strahlt nicht. Sie betrachtete lange das schmale hohe Gemälde, das durch die breiten goldenen Paneele zu beiden Seiten wie eine Heiligenikone auf sie wirkte. Eine eingezwängte Heilige, fast erdrückt von dem oberen gerundeten Rahmen, eine Heilige, die eingefangen ist im Bild und doch hinausstrebt, die sich selbst, der Frau mit den halb entblößten Brüsten, fremd ist, der Frau, die einen Menschen erschlagen hat, die nach der Tat erstarrt. Sie lässt das Haupt des Holofernes hinter sich in eine mit Ornamenten geschmückte Sacktasche sinken, in der sie es in ihre Stadt tragen muss. Sie will es nicht sehen, hat ihr Gesicht abgewandt von dem unten im Bild halb sichtbaren sehr menschlichen Antlitz des im Schlaf erschlagenen Feldherrn. Abscheu zeigt sich in den verkrallten Händen im Mittelpunkt des Bildes, Abscheu vor der Tat, die sie doch hatte vollbringen müssen.

Es war die Geschichte einer heroischen Tat, aber „Giuditta II" von Klimt machte für sie eine Geschichte der Trauer daraus. Diese fromme hebräische Witwe würde vielleicht mit den anderen, im Freudentaumel über die gelungene Befreiung in der Stadt, auch tanzen, aber vor allem würde sie trauern, trauern über sich selbst, die sich derart hatte entäußern müssen.

Vielleicht, sagte sich Judith und ging langsam weiter, vielleicht hat Klimt es nicht so gemeint, wie ich es wahrnehme. Vielleicht möchte nur ich in ihr eine Frau sehen, die, nachdem sie einen Menschen erschlagen hat, nicht einfach glücklich weiter leben kann.

Den Vater traf sie vor Adolfo Wildts „Carattere fiero" und „Anima gentile" wieder. Als sie sich neben ihn stellte, begann er wieder einmal zu rezitieren: *Zwei Seelen wohnen, ach! In meiner Brust*, stockte, fand die nächsten Zeilen nicht und fügte stattdessen an, ein großes Werk, ein großes Werk. Ein abscheuliches Werk, dachte Judith. Zwei Kopfskulpturen, die eines Mannes und einer Frau, stehen Hinterkopf an Hinterkopf, verbunden durch eine Haarsträhne der „freundlichen Seele", eine Haarsträhne, die sich selbständig gemacht hat, sich schlängelt, bis sie die Goldperücke des „stolzen Charakters" berührt. Sie scheint erfreut zu sein, dass ihr die Verbindung endlich gelungen ist, die „Anima gentile" mit dem halbgeöffneten Mund, keckem Blick und hochgezogenen Augenbrauen, die Freundliche freut sich, dem Wilden und Grausamen nahe zu sein, dem grausam stolzen Charakter mit der aggressiv vorgeschobenen Unterlippe, der drohend gerunzelten Stirn, den starken Backenknochen, hohlen Wangen und einem leeren Blick, der nichts Menschliches wahrnehmen kann.

Der Vater zog sie zur nächsten Scheußlichkeit, zu der Halbbüste „Franz Rose", die das getreue Abbild eines preußischen Offiziers mit Kaiser-Wilhelm-Bart darstellt, nur die Uniform fehlt, stattdessen ist eine nackte muskulöse Schulterpartie zu sehen.

Judith überkam der Drang zu flüchten, sie löste sich aus dem Griff des Vaters, kehrte dem Saal der augenlosen martialischen Riesenköpfe, des Sentimentalen und Brutalen den Rücken und ging zurück zu Klimt, Klee, Matisse und Chagall. Da, vor dem Bild des Rabbiners, wurde sie wieder eingefangen von dem rastlos Strebenden, der wohl auf Hartes schauen musste, um sich seine Härte zu bestätigen. Er habe genug gesehen, sagte der Vater, nun wolle er wieder auf Goethes Spuren wandeln, heute sei der Tag des Heiligen Franziskus.

Wieder wurde ein Taxi bestellt, zu San Francesco della Vigna. Sie fuhren ein Stück den Canal Grande entlang, und das Steingesicht neben ihr ließ Judiths *Frohblick* nicht aufkommen.

Was hat ihn so hart gemacht, *Ordnung und Zucht,* war Paula deshalb weggelaufen, aber das hätte sie doch schon vor der Hochzeitsreise erkennen müssen.

Sag' mir, warum Paula dich verlassen hat, bat sie.

Alles habe seine Zeit, er werde es ihr in drei Tagen sagen, am 7. Oktober. An jenem Tag vor 53 Jahren habe er Paula zum letzten Mal gesehen.

Fast schwerer zu ertragen als das Steingesicht war die Maske, die er bei diesen Worten aufsetzte, eine sentimentale Maske, über die ein Schatten fiel, als sie unter der Brücke des heiligen Crisostomo hindurch fuhren, eine Maske, die auf der Höhe des Theater Malibran schon ersetzt war durch die des Studiosus, der mit gerunzelter Stirn, die Brille auf der Nase, in der „Italienischen Reise" vor und zurück blätterte und befriedigt ein Lesezeichen einlegte, als er gefunden hatte, was er suchte.

Sie stiegen bei einer Brücke aus, in der Judith diejenige zu erkennen meinte, die Brunetti, der Kommissar in Donna Leons Romanen, immer überquert, um durch die orangenfarbenen Kolonnaden zu dem Gebäude zu gelangen, das im Film die Questura ersetzt. Schräg gegenüber erhob sich die Kirche San Francesco.

Da setzte der Vater die Brille wieder auf, öffnete das Buch beim Lesezeichen, befahl ihr mit einem Blick, näher zu treten und las: *An den ausgeführten Werken Palladios, besonders an den Kirchen, habe ich manches Tadelnswürdige neben dem Köstlichsten gefunden.* Er hielt inne, betrachtete die Fassade, so als suche er das Köstliche und Tadelnswürdige zu erkennen, und fuhr dann fort: *Mir scheint, so viel ich auch darüber denke, er habe bei Betrachtung der Höhe und Breite einer schon bestehenden Kirche, eines älteren Hauses, wozu er Fassaden errichten sollte, nur überlegt:„Wie gibst du diesen Räumen die größte Form? Im einzelnen musst du wegen eintretenden Bedürfnisses etwas verrücken oder verpfuschen, da oder dort wird eine Unschicklichkeit entstehen, aber das mag sein, das Ganze wird einen hohen Stil haben, und du wirst dir zur Freude arbeiten."*

Das Ganze wird einen hohen Stil haben, wiederholte der Vater und fügte als Erklärung für seine Schülerin Katharina hinzu, dass das Ganze über allem stehe, alles müsse sich ihm unterordnen. Das reizte Judith zum Widerspruch. Wie kann das Ganze vollendet sein, fragte sie sich, wie kann es gut sein, wenn einzelne Teile verkümmern müssen. Ob sie denn Tadelnswürdiges finde, wollte der Vater wissen. Ja, sagte sie entschieden, wusste noch nicht ganz, wie sie fortfahren sollte, schaute an dem mächtigen Sockel entlang, der in der Mitte einen Einschnitt für die Tür hat. Das Ganze ist unproportioniert, sagte sie, schau nur die Tür an, sie ist eingezwängt von dem mächtigen Sockel, wirkt dadurch zu hoch und schmal. Tritt' ein paar Schritte zurück und schau genau hin, der hohe Sockel mit den massigen Halbsäulen passt zu den Säulen der Mittelfassade, aber nicht zu den schmalen Säulchen der Seitenfronten, siehst du es? Schau nach oben, der mächtige Giebel mit dem hervorstehenden Rahmen erdrückt den unteren Teil.

Der Vater war ihren Ausführungen mit misstrauischen Blicken gefolgt. Aber das Ganze, sagte er, das Ganze hat einen hohen Stil.

Judith ließ ihm das letzte Wort. Sie stiegen in das an der Brücke wartende Taxi, der Vater blieb vorn, die Tochter ging zum offenen Heck, wollte Abstand vom Vater und kam doch nicht los.

Am Abend begnügte sie sich wieder nur mit einer Pasta und ließ den Vater noch dazu kurz vor acht Uhr allein im Restaurant zurück. Aber er hatte ja nicht mitkommen wollen in das Konzert im Theater La Fenice, im Rahmen des 50. Festivals für zeitgenössische Musik. Moderne Musik höre er sich nicht an, sagte er, außerdem habe es das Theater zu Goethes Zeiten noch nicht gegeben.

Ein unvollendetes Werk von Luigi Nono mit dem Titel „Julius Fučik" wurde an diesem Abend zum ersten Mal aufgeführt. Wie hätte Paula sich gefreut zu hören, dass Nono dem Prager Journalisten, einem hervorragenden Mitstreiter in der tschechischen Widerstandsbewegung, ein musikalisches Denkmal gesetzt hat, dachte Judith. Lies das, hatte Paula gesagt und ihr Fučiks „Reportage unter dem Strang geschrieben" in die Hand gedrückt, und du lernst einen Kämpfer kennen, der das Leben liebte.

Als sie mit ihrer Karte, der billigsten für 11,60 €, auf die Galerie gehen wollte, baten die Platzanweiserinnen sie und andere Galeriebesucher, im Parkett in den ersten drei Reihen Platz zu nehmen. Es waren zu wenig Karten verkauft worden. So konnte sie die Pracht der Logen und das himmlische Deckengewölbe von unten bestaunen.

Das Konzert begann mit der Komposition für Orchester n.1 von Luigi Nono. Aus der Stille entsprang ein zarter Glockenton wie von fern her. Ein zweiter, dann immer mehr auf einander folgend, einzeln Höhen erklimmend, in Tiefen gehend, einander suchend, anhaltend sich vergewissernd. So viel Zärtlichkeit, die nun eingeht in die warme Zuversicht der Streicher, sie werden mächtiger, die Bässe drängen sich vor, zitternd ein Glockenton, klagend gehen die zarten Geigen in die Höhe, das Schlagzeug klopft an, übernimmt, schlägt ein auf die Geigen und Glockentöne, die sich zu halten versuchen, in Dissonanzen zerfallen – Panik, und Judith hielt den Atem an. Dann setzte das Schlagzeug den Schluss, drei einzelne Töne, in denen das Motiv des Anfangs wiederkam, entschieden und klar – war es Befreiung, Gericht oder Übernahme?

Die folgenden drei Stücke nahm sie kaum wahr, weil sie immer noch bei Luigi Nono war, und sie hörte erst wieder aufmerksam zu, als „Julius Fučik, ein Stück für Orchester und zwei Sprecher", erklang. Ein SS-Mann und der Gefangene Fučik. Die Musik ging schmerzhaft in sie ein, und der Schmerz löste sich erst mit den letzten Worten des Verurteilten: Ho vissuto per la gioia e muoio per la gioia. Ich habe für die Freude gelebt und sterbe für die Freude.

Ihre beiden Nachbarn, zwei etwa vierzigjährige Männer, verweigerten den Beifall. Troppo pretensioso, sagte der eine.

Zu anspruchsvoll für diejenigen, die alle Hoffnung auf eine bessere Welt aufgegeben haben. Einfache Worte, die bekräftigen und erinnern wollen, dass Freude Lust am Leben gibt und Leben erhält, dachte Judith, als sie langsam die Treppe zum Campo San Fantin hinunterging.

In der milden Abendluft, an den Fondamenta Fenice, in der nächtlichen Stille wieder von der Zärtlichkeit Venedigs umfangen, konnte Judith zum ersten Mal ganz ohne Groll an ihre Mutter denken: Paula konnte sehr traurig sein, und sie konnte sich sehr freuen.

Donnerstag, den 5. Oktober 2006

Am frühen Morgen schreckte Judith aus einem Traum hoch.

Sie war in ein fremdes Haus hineingegangen und dort eine hölzerne Treppe hinaufgestiegen, die sich immer mehr verengte. Durch einen Spalt war oben noch Licht zu sehen, aber kurz bevor sie es erreichte, wurde sie eingezwängt von den Wänden und Stufen, kam weder vor noch zurück und glaubte ersticken zu müssen.

Sie setzte sich auf und versuchte tief einzuatmen. Die Beklemmung löste sich nicht. Sie nahm noch zu, als sie an den ihr bevorstehenden Tag mit dem Vater dachte, an die neun Tage mit ihm, die noch vor ihr lagen, und sie sagte laut, so als könne sie die Bedrohung abwenden, die Enge zersprengen, indem sie einen Schuldigen benannte: Er ist es, der mich erstickt.

Im Bett hielt sie es nicht mehr aus. Sie stand auf und ließ in der engen Duschkabine lange heißes und dann kaltes Wasser über sich rieseln.

Der Frühstücksraum war noch leer, es war erst kurz nach sieben, und die junge Frau hinter der Kaffeemaschine wunderte sich, sie so früh zu sehen, fragte, ob sie etwas Besonderes vorhabe. Nein, nur in der Morgenluft etwas spazieren gehen. Sie müssen sich wärmer anziehen, riet ihr die Frau nach einem Blick auf Judiths dünne Jacke und stellte ihr einen Cappuccino hin, sagte dazu, ein wahrer Cappuccino mit einem hübschen „cappuccio". Judith schaute die Frau verständnislos an, dann auf das zitternde Milchhäubchen und begriff auf einmal, warum der Kaffee so heißt: Er trägt ein weißes „Käppchen". Sie lächelte der Frau zu, einen Augenblick abgelenkt von dem Traum, der noch immer auf ihr lastete. Der Vater, der sie erstickte, nichts anderes konnte sie denken.

Draußen in der frischen Luft, nun in einen langen Mantel gehüllt, wich die angstvolle Beklemmung allmählich von ihr und sie begann klarer zu sehen. Der Vater kam in dem Traum nicht vor. Sie selbst war es, die sich in diese Enge begeben hatte, sich einzwängen, ersticken ließ, vielleicht, weil sie doch den Vater in ihm hatte sehen wollen. Sie musste noch mehr Abstand von ihm gewinnen, ihn leicht nehmen, sich sagen, ich habe nichts mit ihm gemein außer den paar Genen, die mir blaue Augen, blondes Haar und einen hohen Wuchs verliehen haben. Freundlich zu ihm sein, ja, weiter freundlich sein wie zu einem Fremden, der Hilfe braucht, auch wenn es mir manchmal schwer fällt, ihn zu ertragen, diesen engstirnigen alten Mann.

Am Nachmittag würde sie Sergio, ihren väterlichen Freund aus alten Tagen, treffen, würde frei reden können und sich geborgen fühlen. Die Aussicht darauf ließ sie aufatmen und ihren Morgenspaziergang im venezianischen Alltag genießen. Eine Tür öffnete sich und eine Frau im Morgenrock stellte einen grauen Müllsack in die Gasse, ein alter Mann führte sein Hündchen an der Leine spazieren, ein junger beförderte auf einer Schubkarre Waren zu einem Laden. Und Kinder auf dem Weg zur Schule gab es auch. Kinder in Venedig zu sehen freute sie immer, es war für sie ein Zeichen, dass die Stadt noch nicht ganz am Aussterben war.

Ihr blieb noch eine Stunde Zeit bis zum Treffen mit dem Vater. Sie überlegte, wohin sie eigentlich wollte. Warum nicht mit der Gondelfähre nach San Tomà übersetzen. Sie ging langsam durch die Gassen, verlief sich, bis sie den Wegweiser zum Traghetto, das schmale gelbe Schild mit der kleinen schwarzen Gondel, entdeckte und durch eine enge Gasse zum Anleger gelangte.

Eine voll beladene Gondel kam gerade an, keine Touristen waren unter den Passagieren, und auch nicht bei den Wartenden auf dem Steg, bis auf Judith, eindeutig Touristin, ungeschickt beim Besteigen der Gondel, der lange Mantel störte, sie musste ihn hoch raffen, dann schwankte sie, wollte wie die Venezianer im Stehen übersetzen, fand doch nicht ihr Gleichgewicht und musste sich hinsetzen. So konnte sie entspannt das Gleiten über das Wasser wahrnehmen, die nicht mehr verhüllte Front des Palazzo Foscari anschauen und auf der anderen Seite im klaren Morgenlicht die Rialtobrücke. Nachdem sie, wieder den Mantel raffend, am Rio di San Tomà ausgestiegen war, wurde sie nach wenigen Schritten zur lästigen Touristin, die stehen blieb und den Weg versperrte, gefangen von einem reizvollen Anblick, der sich ihr bot. Jenseits einer kleinen Brücke erhob sich ein zart rosafarbener bescheidener Palazzo. Seine liebliche Hauptfassade mit romanischen Fenstern schmiegte sich an einen prächtigeren gotischen, und beide passten sich in sanfter Rundung dem Verlauf des Rio an.

Widerstrebend machte sie den Weg frei und ging weiter zum Campo San Tomà. Da musste, wie sie sich erinnerte, die Scuoletta dei Caleghri sein, ein Zunfthaus der Schustergilde aus dem 15. Jahrhundert, freundlich und bescheiden, mit den steinernen Schuhen auf dem Türbalken. Ein Aushang an der Tür wies auf Veranstaltungen zum Thema Frieden hin: FARE PACE – TRA VERITÀ E MEN-ZOGNA, zwischen Wahrheit und Lüge, vom 6. – 9. Oktober 2006. So viele interessante Veranstaltungen gab es da, vielleicht sollte sie Eduard Renner und Goethes Spuren verlassen und stattdessen zu „Bush ha mentito", Bush hat gelogen, gehen oder in die Ausstellung über den Faschismus. Dahin könnte sie den alten Herrn doch mitnehmen. Zwischen Wahrheit und Lüge, wo war bei ihm Wahrheit, wo Lüge? Vielleicht sollte sie dem Goetheverehrer mit seinem Faust im Tornister endlich eine Gretchenfrage stellen: Wie hältst du es mit Krieg und Frieden, was hast du als Soldat getan? Er würde ausweichen. Er hätte den Krieg so gern vermieden, er sei zutiefst ein Friedensmann, schaue sich den Krieg von ferne an. Wie der Kriegsminister Goethe.

In der Calle Goldoni musste sie sich an eine Hauswand drücken, um einer Schubkarre Platz zu machen, da entdeckte sie neben sich hinter einer Glastür einen kleinen Innenhof, eine alte steinerne Treppe führte an der Mauer hinauf und in der Mitte des Hofes stand ein Brunnen mit vier Löwenköpfen. Der trauliche Anblick brachte sie weg von den Kriegsgedanken und wieder nach Venedig zurück. Sie schlenderte weiter durch die engen Gassen, bis sich vor ihr der Campo San Polo weit öffnete und mit seinen Bäumen, Bänken und dem großen Brunnen in der Mitte zum Verweilen einlud, aber ein Blick auf die Uhr sagte ihr, dass sie sich beeilen müsse. Sie überlegte einen Moment, welches der kürzeste Weg sei, erinnerte sich, ging dann beschwingt voran, fühlte sich nicht mehr als Touristin, war eine, der Venedig vertraut war, und das gab ihr ein gutes Gefühl. Glücklich und im Gleichgewicht setzte sie über zur Riva del Carbon, stehend wie eine Venezianerin.

Sie kam fünf Minuten zu spät im Hotel Duodo an. Der Vater ließ ihr noch nicht einmal das leichte Kopfnicken zuteil werden, mit dem er sie zu begrüßen pflegte, packte sie am Arm und zog sie zum Hotelanleger, wo schon das Taxi wartete, das sie zum Arsenal bringen sollte. Er setzte sich in die Kabine, sie blieb vorn stehen und konnte diesmal die Fahrt genießen, im Rio dei Barcaroli vorbei an Palazzi, die nur vom Wasser aus zu sehen sind, dann in den Rio di San Moisè, wo es sehr langsam voran ging, weil eine Gruppe aus Japan in vier Gondeln vor ihnen war. Im Bacino di San Marco, zwischen San Giorgio und dem Palazzo Ducale bedauerte sie wieder einmal, dass sie niemanden neben sich hatte, dem sie hätte sagen können, schau, wie schön, die weite Fläche glitzernden Wassers, ein matt glänzender Schmucksaum aus Palästen und Kirchen an ihren Ufern, sieh dort hinten die grünen Giardini, drüben den Lido, schau nur, wie schön. Sie wandte sich um zum Vater, vielleicht könnte sie ja doch den beglückenden Anblick mit ihm teilen, sprach ihn an, aber er winkte ab, blätterte in einem Büchlein und schaute erst auf, als sie in den Kanal zum Arsenal einfuhren.

Vor dem Haupttor des alten Arsenals blieb er stehen, bedeutete ihr mit einem Blick näher zu treten, schlug das Büchlein auf – die Venezianischen Epigramme, wie sie sah – und fing an zu deklamieren, kam mit dem Versmaß nicht zurecht, verhaspelte sich und fing noch einmal von vorn an:

Ruhig am Arsenal stehn zwei altgriechische Löwen;
Klein wird neben dem Paar Pforte, wie Turm und Kanal.
Käme die Mutter der Götter herab, es schmiegten sich beide
Vor den Wagen, und sie freute sich ihres Gespanns.
Aber nun ruhen sie traurig; der neue geflügelte Kater
Schnurrt überall, und ihn nennet Venedig Patron.

Der geflügelte Kater, ein vortreffliches Bild, sagte der Vater. Ein garstiges Bild, setzte Judith dagegen. Er schien sie nicht gehört zu haben, blickte andächtig auf zu dem großen traurigen Löwen, der neben dem Gittertor hockte, und erging sich in weit ausholenden Überlegungen über das vergleichbare Schicksal der geraubten Skulpturen und der Königstochter Iphigenie: Beide, fern von der Heimat, suchten unaufhörlich *das Land der Griechen mit der Seele*.

Judith mochte ihm nicht in die Gefilde der traurigen Seelen folgen, schaute derweil auf zu dem geschmähten Markuslöwen im Giebel des Portals, und auch sie schmähte ihn, weil er schon lange nicht mehr der Aufgabe nachkam, in seinen Flügeln Erleuchtung zum Wohl der Stadt zu empfangen. Noch dazu verleugnet er hier, am ehemaligen Ort der Kriegsindustrie, den heiligen Markus, für den er doch steht.

Das aufgeschlagene Evangelium zeigt leere Seiten, pax tibi, Friede mit dir, ist ausgelöscht.

Der Vater holte Judith aus ihrer Traurigkeit, eine neue Aufgabe wartete auf sie: Ins Arsenal solle sie ihn führen. Das Seewesen, das sich Goethe dort dargeboten habe, gäbe es zwar nicht mehr, aber er wolle Portolago sehen, und er reichte ihr einen Zettel, auf dem stand: "Biennale, Sonderausstellung Città di Pietra, im Arsenal". Ein Bekannter habe sie ihm warm empfohlen. So gingen sie über die Brücke parallel zum Wassertor. Oben blieb er stehen, nicht etwa um auf das Wassertor mit den beiden Türmen und auf die kleine Darsena zu schauen – nein, auch hier konnte er es nicht lassen die Stufen zu benoten, nur eine vier bekamen sie. Ihre Höhe sei lobenswert, nicht aber die Breite, sie mache Zwischenschritte erforderlich, wenn man nicht hinkend wie ein Teufel immer mit demselben Fuß steigen wolle.

Die Ausstellung „Architektur und Gesellschaft" interessierte den Vater nicht, noch nicht einmal die Tatsache, dass er einen Teil des Arsenals beschreiten durfte, der erst seit kurzer Zeit für das Publikum zugänglich war: die Corderie, eine lange Werkshalle, deren Mittelschiff von zwei Reihen dicker Säulen gestützt ist. Für die Ausstellung waren Raumteiler eingebaut, und Judith versuchte sich die mächtige Halle in ihrem ursprünglichen Zustand vorzustellen, endlos lang, voll von arbeitenden Menschen, Maschinen, dicken Schiffstauen und Takelagen, durch die das rötliche Mauerwerk schimmerte.

Die Metropolen der Welt stellten sich in den einzelnen Abteilungen mit großen Fotos, Filmen und Schautafeln dar, zum Erschrecken und Staunen. Judith blieb ab und zu stehen, aber nur kurz, sie fühlte sich trotz aller guten Vorsätze gehetzt wie schon oft in diesen Tagen mit dem Vater. Da sah sie ihn stehen in rötlich blauem Licht, er schaute nach ihr aus, winkte sie zu sich heran, und sie kam in eine Art Höhlenlandschaft. Auf niedrigen Podesten ragte jeweils ein Gebilde aus einzelnen dünnen weißen Pfeilern unterschiedlicher Höhe empor, in bläuliches Licht gehüllt, das das Weiß wie in einer Diskothek hervortreten ließ. Was das solle, fragte der Vater. „Densità" stand groß über den Eingängen. Judith trat zu dem Podest, auf dem sich die höchsten Pfeiler befanden. Dichte, Bevölkerungsdichte wird in diesem Raum gezeigt, hier stehen wir vor Mumbai, uns besser bekannt als Bombay. Die einzelnen Pfeiler stellen die Bewohnerzahl pro km^2 dar. Die durchschnittliche Dichte beträgt in Mumbai 49.160 Bewohner pro km^2, die höchste 52.000. Wie viel Quadratmeter kommen auf den Einzelnen? Judith schloss die Augen, rechnete, das kann nicht sein, nur zwei Quadratmeter pro Person, sagte sie laut. Der Vater schaute mit einem mitleidigen Lächeln auf sie herab, sie habe da wohl eine Null vergessen, es seien 20,3 m^2 im Durchschnitt, 19,2 m^2 im Ballungszentrum. Dann spürte sie den ihr wohlbekannten harten Griff am Arm, und er führte sie von Podest zu Podest.

Der Vater, ein Rechenkünstler, ging eifrig der unerwarteten Aufgabe nach, überlegte nur kurz, dann kamen die Zahlen: 20,2 m^2 in Barcelona, die höchste Dichte sei kaum geringer als in Bombay, da lebe es sich in New York schon besser mit 32,8 m^2, am besten aber in Berlin mit der Dichte von 63,7 m^2 pro Person. In Deutschland lebe man eben am besten, das habe auch Goethe in den Epigrammen ausgesprochen, wie sie sich hoffentlich erinnern könne.

Goethe, Goethe über allem, dachte Judith, machte sich von dem Vater los und ging weiter. Vor dem Eingang zu der „Città di Pietra" blieb sie stehen und ihr Blick fiel auf eine Inschrift auf rotem Grund. Sie begann zu lesen, da verlangte der Vater, sie möge ihm übersetzen, was dort geschrieben stehe, Perikles, den großen Staatsmann, schätze er sehr, auch Goethe habe viel von ihm gehalten, und Judith, trotz Goethe über allem geneigt zu helfen, übersetzte: „Wir lieben das Schöne, aber in rechtem Maß, wir widmen uns der Erkenntnis, aber ohne Schwäche. Reichtum dient bei uns der wirksamen Tat, nicht dem prahlenden Wort, und Armut einzugestehen ist nie verächtlich, verächtlicher ist, sie nicht tätig zu überwinden." Die Worte berührten sie, und sie las sie noch einmal, nicht mehr abgelenkt von der Aufgabe, schnell übersetzen zu müssen, und da merkte sie, dass sie sich hatte einfangen lassen von den schönen Worten. „Amiamo il bello, ma con compostezza" – dem Schönen sind strenge Grenzen gesetzt, nur klassische Schönheit, nur Palladio dürfte sie in Venedig lieben. Und am Ende dann die scharfen Worte gegen die Armen, mit denen im alten Athen sicherlich die Besitzlosen eingefangen werden sollten, um den Reichtum der Besitzenden durch ihre Arbeit zu mehren: „Armut einzugestehen ist nie verächtlich, verächtlicher ist, sie nicht tätig zu überwinden." Solche Worte dem Besucher des Jahres 2006, zu Zeiten zunehmender Arbeitslosigkeit, vorzusetzen grenzt schon an Zynismus, dachte sie. Sie hatte einige Freunde, die ungeheuer „tätig" waren, um ihre Armut zu überwinden, die immer wieder Demütigungen bei der Suche nach Arbeit ertragen mussten und doch keine fanden.

Aus diesen trüben Gedanken holte sie der Vater mit der Frage, was „Città di Pietra" bedeute. Stadt aus Stein, sagte sie. Wort aus Stein, murmelte er, sie solle feststellen, ob es zutreffe, was er vermute: dass hier das alte Baumaterial Stein der globalen Verwendung von Stahl, Zement und Glas entgegengesetzt werden solle. Es trifft zu, bestätigte Judith ihm, nachdem sie den Einführungstext zu den drei Abteilungen der Ausstellung gelesen hatte.

Der Text zur ersten Abteilung, „Die andere Moderne – Die Stadt am Mittelmeer im 20. Jahrhundert", machte ihr zu schaffen. Die „große Zeit" der italienischen Mittelmeerarchitektur des 20. Jahrhunderts wurde gerühmt, vom Ende der zwanziger Jahre bis zum Anfang der vierziger. Das war die Zeit des Faschismus, aber das Wort Faschismus tauchte nicht auf, so als sei es eine Zeit wie jede andere. Dem Vater teilte sie ihr Unbehagen nicht mit, übermittelte nur, dass die Steinbauarchitektur aus den dreißiger Jahren die Antwort der in lateinischer Tradition stehenden Länder auf den „nordischen Rationalismus" sei. Sie überlegte, was mit dem „nordischen Rationalismus" gemeint sein könnte, kam nicht darauf und fragte den Vater. Wie immer, wenn er nachdachte, runzelte er die Stirn, so als müsse er sein intensives Denken sichtbar machen, dann entspannte sich sein Gesicht und die Antwort kam im Ton der Gewissheit. Der Bauhausstil sei es, den Hitler ja gleich verboten und das „Wort aus Stein" dagegen gesetzt habe. In der Architektur sollte sich die Größe und Macht des Reiches ausdrücken.

Die Augen des Vaters schienen bei diesen Worten zu leuchten, und Judith hielt den Atem an. War er ein Faschist, ein alter Nazi?

Vielleicht urteile ich zu schnell, vielleicht hat er mir nur sagen wollen, was er weiß, der alte Narr mit dem guten Gedächtnis, er freut sich über sein Wissen, freut sich, dass er mir über Goethe hinaus etwas mitteilen kann.

Ihr Vorurteil gegenüber der „großen Zeit" der italienischen Architektur abzubauen gelang ihr nicht. Sie beäugte die Stadtneugründungen in Italien und in den von Italien eroberten Gebieten kritisch, vor allem Portolago, eine Neugründung für einen Militärstützpunkt der italienischen Marine auf der griechischen Insel Leros, Ende der dreißiger Jahre entstanden. Da war nur Kälte, kleinliches Beiwerk, große, unproportionierte Übernahmen aus der Antike in Form von nackten Arkaden. Auf der Insel Kos hatte sich ein italienischer Architekt einem kolossalen Zuckerbäckerstil hingegeben. Judith versuchte sich im zweiten Blick von ihrem

Vorurteil freizumachen, doch sie sah nichts anderes als vorher: Kaltes, Protziges, Kleinliches.

Als sie wieder ins Freie trat, hielt auch der strahlend weiße Obelisk, ein Beispiel für heutige Steinbaukunst, Sieg des Steins über den Zement, vor ihren Augen nicht stand, und sie sehnte sich nach eleganten Stahl- und Glaskonstruktionen. Sie wandte sich ab von dem Obelisken, setzte sich auf einen der weißen Stühle, die für müde Besucher bereitgestellt waren, und war froh ihren Mantel mitgenommen zu haben, denn es wehte noch immer ein frischer Wind. Sie studierte den Lageplan des Arsenals und beschloss mit oder ohne Vater einen Blick auf die Darsena zu werfen. Doch er kam nach einigen Minuten ohne Anzeichen von Ermüdung auf sie zu, zeigte sich wieder als freudiger Jünger Goethes, der den *Bucentaur* sehen wollte. Den Bucintoro gibt es schon lange nicht mehr, sagte sie, Napoleon hat den letzten zerstören lassen, eine neue Galeere für den Dogen wurde nicht mehr gebaut, wozu auch, denn einen Dogen, der einmal im Jahr zur feierlichen Vermählung mit dem Meer hinausgerudert werden musste, gab es auch nicht mehr.

Um mit e i n e m Worte den Begriff des Bucentaur auszusprechen, nenne ich ihn eine Prachtgaleere, zitierte der Vater und schien sich selbst dabei nicht ganz so ernst zu nehmen wie sonst. Du hast ein unglaublich gutes Gedächtnis, lobte sie ihn und bekam dafür ein kleines Lächeln des Dankes zurück.

Die Darsena, das große Becken, bot so leer, wie es war, keinen erhebenden Anblick. Stell es dir vor voll von großen alten Segelschiffen und Galeeren, sagte Judith. Und vor allem, ergänzte der Vater, vermisse er den Anblick des Schiffes von vierundachtzig Kanonen, das Goethe bestiegen hatte.

Sie gingen weiter, vorbei an dem alten Kran, und Judith passte sich ohne Notwendigkeit den kurzen Schritten des Vaters an. Als sie bei den zwei alten Werftbecken angekommen waren, bewunderten beide zum ersten Mal gemeinsam ein Bauwerk Venedigs, das weder von Goethe erwähnt noch von Palladio entworfen war: die „gaggiandre", die der große Architekt Sansovino im 16. Jahrhundert erbaut hatte. Oben waren sie von einer flachen Holzbalkendecke geschlossen, an den Seiten öffneten sich niedrige wohlproportionierte romanische Bögen, von Säulen getragen, und boten dem Blick durch sie hindurch ein kontrastreiches Bild von dunklem Wasser in den Becken und dem von der Sonne beschienenen Draußen. Schön, sagte Judith und sagte es für den Vater mit, der nickte nur, das selbst auferlegte Genussverbot hinderte ihn wieder einmal daran, Derartiges auszusprechen.

Nichts aber hielt ihn davon ab, unüberlegte Forderungen zu stellen: Sie solle ihm ein Wassertaxi rufen, zu den alten Werftbecken. Judith glaubte nicht, dass Taxis im Arsenal fahren dürfen, und sagte ihm das. Wenn sie es nicht sicher wisse, dann müsse sie das durch einen Anruf erkunden. Judith rief an, bekam die erwartete Auskunft, kein Taxi im Arsenal, und von da an hatte sie leider einen bockigen alten Herrn neben sich, am alten Kran vorbei, am Obelisken, im Restaurant, bis sie schließlich nicht weit vom Ausgang ein Taxi erlöste.

Sie war zu früh zu der Verabredung mit Sergio gekommen, ging an der Bar bei der Kirche San Canzian, wo sie sich treffen wollten, zunächst vorbei und schaute in den Campiello Santa Maria Nova. Wäsche hing an den Fenstern, Kinder spielten um den Brunnen herum mit einem Ball. Am Ende des kleinen Platzes erhob sich der gotische Palazzo, vor dem sie damals, vor dreißig Jahren, immer wieder, von seiner Schönheit bezaubert, stehen geblieben war. Dann kehrte sie wieder um und setzte sich an einen der einfachen Tische. Es war wie früher, sie hörte nur Italienisch um sich herum. Touristen ließen sich selten hier nieder, da sich dem Auge nichts Spektakuläres darbot.

Judith fragte sich, ob sie Sergio wieder erkennen würde, es war viel Zeit vergangen. Da sah sie ihn kommen, nicht mit hastigen kleinen Schritten wie der Vater, er ging langsam wie früher auch, leicht vorgebeugt, schaute nach ihr aus, kam auf sie zu, rief Giuditta – wie gern hörte sie die weiche italienische Form ihres Namens – und Giuditta sprang auf zu einer Umarmung und den Küsschen auf beide Wangen.

Sergio setzte sich ihr gegenüber, umfasste ihre Hand, drückte sie lange. Er war alt geworden. Von seinen früher lockigen dunklen Haaren war nur ein weißer Kranz übrig geblieben, wie bei dem Vater. Er war jung geblieben: das ihr vertraute Gesicht voll Leben, mit vielen Lachfältchen, dem weich geschwungenen Mund und den graugrünen Augen, die noch immer wie Wasser unter der Sonne glitzerten, wenn er lachte.

Judith fühlte sich zu Hause. Sie konnte von allem sprechen, von den merkwürdigen Tagen mit dem Vater, von ihrem Traum, von ihrer Angst zu ersticken und dem Verdacht, der Vater könne ein Anhänger des Faschismus sein. Sergio hörte zu, fragte und bestärkte ihre Vermutung. Adolfo Wildt, den der Vater unbedingt hatte sehen wollen, gehörte zu dem faschistischen Künstlerkreis um Margherita Sarfatti, der Geliebten von Mussolini.

Das zweite Indiz sei, wie sie vermutet habe, des Vaters Wunsch, die Ausstellung über die Architektur des Faschismus zu besuchen. So wie sie ihm den Vater beschrieben habe, sei es unwahrscheinlich, dass er sie mit kritischem Auge habe betrachten wollen. Kritik an der Architektur des Faschismus sei auch nicht die Intention derjenigen gewesen, die die Ausstellung ausgerichtet haben, und Sergio erzählte ihr, spottend über Dummheit in dem Italien, das schon dreimal einen Berlusconi an die Regierung gebracht hatte, die Vorgeschichte zu der „anderen Moderne" in der Ausstellung „Città di Pietra".

Im September 2005 hatten 35 italienische Architekten in einem offenen Brief einen Appell an die Präsidenten Ciampi und Berlusconi gerichtet. Sie beklagten, dass zu viele ausländische Architekten Aufträge in Italien erhielten, forderten Maßnahmen zur Unterstützung der italienischen Kollegen auf nationalem Territorium und mahnten, die Tradition zu wahren: Die italienische Architektur der dreißiger Jahre stelle einen unverzichtbaren kulturellen Reichtum dar, der nicht weiter ignoriert werden dürfe. Ritter Berlusconi und Konsorten erhörten die Bitte, wenigstens einen Teil davon, und sorgten wahrscheinlich dafür, dass einer der Unterzeichner, ein Architekt aus Bari, die Sonderausstellung Città di Pietra im Rahmen der Architekturbiennale ausrichten durfte.

Judith schüttelte nur den Kopf. Das ist Italien, sagte Sergio, hier darf vieles öffentlich geäußert werden, seit durch Berlusconi und Gianfranco Fini der „gute" Faschismus wieder gesellschaftsfähig geworden ist. Schau nicht so finster, Giuditta, wir dürfen trotz alledem das Lachen nicht verlernen, das gibt Kraft.

Lui non perde l'anima, sa vivere, hörte Judith vom Nebentisch. Es war die alte Frau mit dem Hündchen, die sie vor ein paar Tagen auf dem Campo Santa Maria Nova getroffen hatte, eine Nachbarin von Sergio. Er verliert seine Seele nicht, er weiß zu leben, sie solle Sergio zum Vater nehmen, warum nicht zum Geliebten, und scherzhafte Worte flogen hin und her.

Es dämmerte schon, als Judith über die beiden Brücken mit der Note eins schwebte. Dann wurde sie immer langsamer, blieb stehen und fragte sich, wie sie dem Vater gegenüber treten solle.

Ihn einfach fragen, Vater, warst du ein Nazi und bist du es noch? Dann würde er, wie so oft, ausweichen. Vielleicht war es besser, noch die zwei Tage bis zum Abend der versprochenen Erklärung zu warten.

Sie kam zu spät, sah den Vater an seinem Tisch im Antico Martini auf sie warten. Er habe schon bestellt, das Menu zu 90 Euro, sie müsse wieder etwas mehr essen, und Judith aß schweigend die Scampi in „saor", die Maiscremesuppe, die schwarzen Tagliolini. Nach dem Fisch war es diesmal der Vater, der das Schweigen nicht ertragen konnte, er durchbrach seine Regel, beim Essen nicht zu reden, die Lammkoteletts waren schon serviert, er stellte erstaunlicher Weise eine Frage, die ihre Person betraf: Was sie am Nachmittag gemacht habe, sie wirke verändert. Ich habe einen Freund aus alten Zeiten getroffen. Darauf wusste der Vater nichts zu sagen, und sie beendeten schweigend das Mahl. Beim Espresso war wieder Redezeit, die vom Vater mit Goethe gefüllt wurde. Ob sie die so überaus farbige Beschreibung des Hochamtes in der Kirche Santa Giustina in Erinnerung habe? Er werde sie ihr daselbst vorlesen. An einem Hochamt wie Goethe am 6. Oktober 1786 könnten sie bedauerlicher Weise nicht teilnehmen, aber die Kirche wolle er sehen, sie solle sich erkundigen, wo sie sei. Für den nächsten Abend sei die Mondscheinfahrt in der Gondel zur Giudecca geplant, mit zwei Gondolieri, die den Tasso singen: Den *famosen Gesang*, wie Goethe ihn nannte, wolle er hören, er werde den Portier des Duodo beauftragen, zwei Gondolieri zu bestellen, die den Tasso singen können.

Zweimal hatte Judith dem Vater schon gesagt, dass im Kanal der Giudecca keine Gondeln fahren dürfen, Tasso singende Gondolieri würden auch nicht zu finden sein. Sie hatte keine Lust, ihm diesen Sachverhalt noch einmal auseinanderzusetzen und schüttelte nur leicht den Kopf. Der Vater bemerkte es nicht, er schien in Gefilden der Erinnerung zu weilen, wie der sentimentale Zug um Mund und Augen anzeigte, die Maske, die zu ertragen der Tochter nunmehr leichter fiel.

Freitag, den 6. Oktober 2006

Santa Giustina gab es nicht mehr. Judith hatte vergeblich im Stadtplan gesucht und an den Rezeptionen beider Hotels gefragt. In den Anmerkungen fand sie schließlich, dass die Kirche unter Napoleon in eine Kaserne umgewandelt worden war. Diese harmlose Nachricht schien den Vater schwer zu treffen. Er blieb einige Minuten lang reglos mit gesenktem Kopf, gefurchter Stirn und untergeschlagenen Armen stehen. Judith beobachtete ihn belustigt, den Feldherrn, der einen Fehler im Schlachtplan entdeckt hat und nach einer Lösung sucht. Er fand keine, wandte sich Hilfe suchend an die Tochter. Soll es auf Goethes Spuren sein? Das wäre wünschenswert. Dann lass uns in den Dogenpalast gehen, dort war Goethe ja auch. Von dort habe er nur über die Gerichtsverhandlung berichtet. Möchtest du Theater, die Goethe besucht hat, wenigstens von außen sehen? Der Vater lehnte auch diesen Vorschlag ab. Judith hätte ihn am liebsten stehen gelassen, besann sich dann aber doch und machte einen letzten Versuch: Wir gehen ein Stück des Weges, den Goethe am 6. Oktober vor 220 Jahren genommen hat, schauen uns den Fischmarkt an, dann sehen wir weiter. Der alte Herr geruhte zuzustimmen.

Diesmal ging Judith in der engen Calle del Frutariol voran, der Vater hielt sich dicht hinter ihr. Vor dem Palazzo Regina Vittoria spürte sie den wohlbekannten Griff am Arm, stehen bleiben solle sie. Das Portal des Palastes war geöffnet und ließ den Blick frei auf eine herrschaftliche Treppe mit rotem Läufer. Der Läufer, so meine er sich zu erinnern, sei blau gewesen, als sie hier einquartiert waren. Warum sagst du „einquartiert"? Das bedeutet, eine Unterkunft ohne Bezahlung zu bekommen, wie zum Beispiel Soldaten. Bist du als Soldat hier gewesen? Der Vater zögerte einen Augenblick, dann sagte er, mit ihrer Mutter habe er hier Quartier genommen, „Quartier nehmen" sei eine durchaus gebräuchliche Wendung. Judith zügelte ihren Widerspruchsgeist und ging wortlos weiter. Kurz darauf rief der Vater sie zurück. Er stand vor einem kleinen roten Plakat. Er habe sie schon immer fragen wollen, was dieses NoMose, das auch auf Hauswänden zu sehen sei und selbige sehr verunstalte, bedeute. Ob es gegen den alttestamentarischen Moses, mithin gegen die Israeliten gerichtet sei.

In was für einer Welt lebt dieser Mann, wie können derartige Assoziationen entstehen. Judith konnte sich kaum fassen, und diesmal war sie es, die den Vater am Arm zog, hin zum Campo San Luca, wo Platz zum Stehen bleiben war, wo sie ihm, wieder gefasst, NoMose erklärte, so wie Sergio es ihr vermittelt hatte. MoSe, das ist eine Abkürzung für eine elektromechanische Versuchseinheit, „Modulo sperimentale elettro-meccanico", an dem die Wirksamkeit eines Projektes erprobt wurde: Bewegliche Dämme sollen die drei Laguneneinfahrten bei Hochwasser über 1.10 Meter verschließen. Idee, Planung, Ausführung und Überwachung, alles in einer Hand. Das Projekt wird das Leben in der Lagune unumkehrbar schädigen, kostet ungeheure Summen, ist ungesetzlich und wird doch vom Staat finanziert.

Der Vater unterbrach sie streng: Das sei nicht möglich, Ungesetzliches finanziere der Staat nicht. Das sagst du – Judith hatte Mühe sich zu beherrschen –, in dem Berlusconi-Staat war das möglich, und der jetzige schaut kraftlos zu.

Sie möge ihm erklären, was denn ungesetzlich an dem Projekt sei, verlangte der Vater, und Judith erklärte, noch immer erregt: Es gab keine Anhörung, keine Berücksichtigung alternativer Pläne und der negativen Umweltgutachten, keine Ausschreibung, alles in einer Hand.

Daß sich das größte Werk vollende, Genügt ein Geist für tausend Hände. Darauf beruhe das Gesetz des Fortschritts, er lese gerade den Faust II.

Sie hätte ihn am liebsten angeschrien, du hörst nicht zu, du hast nichts verstanden, du entziehst dich, wo du nur kannst, versteckst dich hinter deinem Goethe. Aber sie sagte das alles nicht, steckte sich nur eine Zigarette an und ging weiter.

Der Vater war stehen geblieben, winkte sie zurück, er wolle doch nicht zum Fischmarkt, sie wisse, er liebe das Gedränge in der Menge nicht, er ziehe es vor, in Ruhe auf der Terrasse des Monaco & Gran Canal zu sitzen, dort könne man sich besser unterhalten als hier stehend.

Also ging es zurück, der Vater in seinem Automatengang voran. Um eine Bettlerin auf den Stufen des Ponte dei Fuseri schlug er einen großen Bogen, ruckte in der belebten Frezzeria, den Touristen ausweichend, vor und zurück und ging dann zielstrebig in die Calle Vallaressa zum Hotel Monaco, so als mache er diesen Weg jeden Tag.

Aus der Art, wie er begrüßt wurde, war auch zu erkennen, dass der Vater nicht zum ersten Mal hier war. Der Kellner führte sie zu einem der hinteren Tische, wo der alte Herr anscheinend immer gesessen hatte, aber Judith bat um einen Platz am Wasser, vor der mit roten Blumen geschmückten Balustrade. Darunter schaukelten die seit Jahrhunderten immer schwarzen Gondeln mit blauen Schutzdecken.

Du warst schon oft hier? fragte sie ihn. Ja, er schätze die Ruhe, den Blick auf San Giorgio, den Prachtbau von Palladio, darum sei er ab und zu hier hergekommen. Nun wolle er das unterbrochene Gespräch fortsetzen. Sie, die sich als so kenntnisreich erwiesen habe, möge ihm eine Passage in der *Italienischen Reise* erklären, und er nahm die Hamburger Ausgabe aus seinem Herrentäschchen, blät-

110

terte kurz und las: *Übrigens hat Venedig nichts zu besorgen; die Langsamkeit, mit der das Meer abnimmt, gibt ihr Jahrtausende Zeit, und sie werden schon, den Kanälen klug nachhelfend, sich im Besitz zu erhalten suchen.* Er frage sich, ob Goethe das richtig gesehen habe. Goethe hat das richtig gesehen, sagte Judith, damals sank der Meeresspiegel langsam, und die Venezianer mussten Vorsorge treffen, dass die Stadt nicht versandete, und das taten sie Jahrhunderte lang mit großer Klugheit. Der Vater drückte in Miene und Worten sein Wohlgefallen darüber aus, dass Goethe auch hier, auf dem ihm doch so fremden Bereich des Meeres, nach einem nur kurzen Aufenthalt die Gegebenheiten genau erfasst hatte. Dann stellte er die Frage, warum Venedig heute in den Wasserfluten zu versinken drohe, und beantwortete sie gleich selbst: Der Meeresspiegel steige an, das sei die Naturgewalt, gegen die komme der Mensch nicht an. Damit schien für ihn der Gegenstand abgehandelt zu sein.

Der Ober hatte inzwischen die Getränke serviert, für den Vater ein Glas Weißwein, für Judith einen Bellini in der Aprikosen-Himbeerfarbe, die sie auf Giovanni Bellinis Gemälden so liebte. Was sie essen möchte, er wolle jetzt eine Kleinigkeit zu sich nehmen, fragte er, aber Judith war nicht gestimmt, jetzt an Essen zu denken, die „Naturgewalt" musste zurückgewiesen werden.

Vater, sagte sie und wunderte sich, wie leicht ihr das Wort noch immer über die Lippen ging, Vater, es ist nicht nur Naturgewalt, es ist Profitgier und menschliche Dummheit, die Venedig untergehen lässt, und nicht nur Venedig, denk an New Orleans, und sie sprach von der vom Menschen verursachten globalen Erwärmung, die den Meeresspiegel ansteigen lässt, und sie sprach immer schneller und erregter von anderen Ursachen, die Venedigs Untergang beschleunigen könnten, von den Bauten auf ehemaligen Überflutungsgebieten – dem Flughafen im Norden und den Industrieanlagen von Marghera im Westen – von der Industrie, die zuviel Grundwasser abgezogen und dadurch Venedig hat absinken lassen, die mit giftigem Abwasser die Kanäle verschlammt und verseucht hat, und sie sprach von der Tourismusindustrie, für dessen kolossale Passagierdampfer die Schifffahrtsstraßen zu tief ausgebaggert worden sind.

Als Judith aufblickte, bewegte sich ein solcher Koloss zwischen der Dogana und San Marco, ein weißes Hochhaus auf dem Wasser, so riesengroß, dass es die Aussicht auf San Giorgio, das Bacino von San Marco und die Giardini verdeckte.

Da sei wohl einiges falsch gelaufen, murmelte der Vater, auch Goethe habe ja Fausts Landgewinnungsversuch kritisch dargestellt. Diese unerwartete Spur von Einsicht bei dem, der doch kurz zuvor noch das Gesetz des Fortschritts mit faustischem Wort gerühmt hatte, beschwichtigte sie.

Nun erst nahm sie wahr, wie ruhig es war, weil keine Vaporetti fuhren, sie streikten vierundzwanzig Stunden lang, wie Sergio ihr gesagt hatte.

Der Vater war schon wieder bei Goethe, blätterte in der Hamburger Ausgabe. Leider, so sagte er, leider habe ihm der Portier bestätigt, dass es den

Gondeln nicht gestattet sei, auf dem Kanal der Giudecca zu fahren. Auch seien keine Gondolieri zu finden gewesen, die den Tasso singen können, *den famosen Gesang der Schiffer*, wie Goethe ihn genannt habe.

Er frage sich, warum Venedig das Gedenken an Goethe so vernachlässige. Ob sie nicht ihren venezianischen Freund dazu veranlassen könnte, dem Kulturamt der Stadt den Vorschlag zu machen, am 6. Oktober jeden Jahres zwei des Gesanges Kundige den Wechselgesang am Ufer der Giudecca ausführen zu lassen. Er setzte seine Brille auf und las: *Je ferner sie also voneinander sind, desto reizender kann das Lied werden: wenn der Hörer alsdann zwischen beiden steht, so ist er am rechten Flecke.* Goethe sei am Ufer der Giudecca ausgestiegen, sei zwischen den Sängern auf und ab gegangen, so habe sich der Gesang ihm erst erschlossen, und der Vater suchte mit dem Finger in den Zeilen, bis er fündig wurde, ja, *eine Klage ohne Trauer,* so nannte Goethe ihn. Dann bat er Judith ihm zu übersetzen, mit welchen Worten Goethes Begleiter den Gesang beschrieben hatte, aber erst möge sie ihm den Ausspruch vorlesen, es gefalle ihm, sie italienisch sprechen zu hören. Judith las: *È singolare, come quel canto intenerisce, e molto più, quando è più ben cantato* und übersetzte: *Es ist eigenartig, wie sehr jener Gesang berührt, und mehr noch, wenn er bestens gesungen wird.*

Trotz des fehlenden Gesanges gedenke er nach dem Abendessen mit ihr eine Gondel zu besteigen, *bei Mondenschein.* Ob sie nun eine Kleinigkeit zu sich nehmen wolle? Judith griff zur Speisekarte und bestellte sich gegrillten Fisch, eine ihrer Lieblings-speisen, und sie schmeckte hier köstlich.

Der Mond war nicht zu sehen, als sie gegen halb zehn Uhr abends an der Riva del Carbon auf den Gondelsteg gingen. Judith half dem Vater beim Einsteigen, er ließ ihre Hand nicht los und zog sie mit sich auf die rote Sesselbank. Sie rückte etwas von ihm ab, um die Gondelfahrt genießen zu können. Welch ein Glück, dass gerade heute die Vaporetti streikten, so konnten sie in der Stille, durch kein Motorengebrumm gestört, den Canal Grande entlang fahren. Sie schloss die Augen, gab sich dem sanften Gleiten hin, lauschte dem kaum hörbaren Wellenschlag des Ruders, nahm den leichten Modergeruch des Wassers in sich auf. Als sie die Augen wieder öffnete, lag die Ca' Foscari vor ihr, und sie betrachtete die fein gegliederte gotische Fassade fast mit einem Gefühl der Zärtlichkeit.

In der Ferne, über dem Bacino di San Marco war endlich der Mond zu sehen, voll, rund und doch nur ein Licht von vielen in dem Kunstlichterglanz um die Madonna della Salute und den Markusplatz. Sie schaute zum Vater. Er blickte starr vor sich hin, wohl ohne etwas zu sehen. Vielleicht war er in Erinnerungen an Paula versunken. Ob sie ihn ansprechen durfte? Die Stille war ohnehin gestört, da eine Gruppe von sechs Gondeln vor ihnen war, mit einem Akkordeonspieler, der Mond und Sonne vor Capri besang, mehr laut als schön.

Du denkst an Paula, an die glücklichen Momente, die ihr zusammen erlebt habt?

Es schien zunächst, als habe er ihre Frage nicht gehört, dann sagte er, Glück, ach Glück. Man sei doch glücklich nie im Moment, nur in der Erinnerung.

Willst du damit sagen, dass du nie Glück empfunden hast, wenn du mit Paula zusammen warst, hast du sie denn nicht geliebt? wollte Judith ihn fragen, unterließ es aber wieder einmal, sagte sich wie schon so oft, er würde ja doch nur ausweichend oder gar nicht antworten.

Oder war sie es, die immer auswich?

Der Vater war unruhig geworden, sagte, er habe den Mond gesehen, nun wolle er in sein Hotel zurück, und sie bogen kurz vor Santa Maria del Giglio in einen ruhigen Nebenkanal. Nach der ersten Brücke glitt die Gondel durch hohe dunkle Häuserschluchten und Judith fühlte sich für einen Augenblick um Jahrhunderte zurückversetzt in das alte ehrwürdige Venedig. Nur ein kurzes Stück tiefdunklen Wassers, dann glitzerten wieder Laternen.

Sonnabend, den 7. Oktober 2006

Auch in ihrem Traum glitzerte es, vor ihr in einem schwarzen Kanal. In ihrem Rücken spürte sie den Vater. Er schob sie mit beiden Händen voran, bis sie den Boden unter den Füßen verlor und das Wasser sie aufnahm.

Warmes Licht begleitete sie, während sie sank. Kurz bevor sie auf dem Grund des Kanals den

Schlamm berührte, erwachte sie mit dem Gefühl befreit zu sein.

Dann erinnerte sie sich an die Bedrohung. Aber was sollte das nur, ihr drohte doch keine Gefahr von ihm. Und so schob sie langsam den mörderischen Vater beiseite, ersetzte ihn durch den fast liebenswerten mit dem schüchternen Lächeln. Doch vor den drängte sich der Faschistenverehrer, und da beschloss sie endlich das zu tun, was sie schon zwei Tage vor sich her geschoben hatte – im Internet recherchieren nach dem Thule, das Eduard Renners Führer zu Adolfo Wildt und wahrscheinlich auch zu der faschistischen Architektur gewesen war.

Sie hatte genug Zeit, weil sie den Vater erst gegen Abend treffen sollte, und dann, so hatte er ihr ja vor drei Tagen angekündigt, sollte sie endlich erfahren, warum Paula ihn verlassen hatte.

Nach dem Frühstück machte sie sich auf den Weg in Richtung Campo San Bortolomeo, wo sie ein Hinweisschild auf einen Internet-Point gesehen hatte. Sie fand ihn in einer Seitengasse, kaufte sich mit sechs Euro für eine Stunde ein und setzte sich vor einen freien Computer. Der Raum war eng und stickig. Sie fing gleich derart an zu schwitzen, dass sie sich mit einem Taschentuch trocknen musste, dann waren die Hände nass vom durchfeuchteten Tuch, sie wischte sie an der Hose ab, bevor sie die Tasten berührte.

Bei Google gab sie „Thule-Gesellschaft" ein, überflog die Einträge, stellte fest, dass es die Gesellschaft anscheinend nicht mehr gab, da von ihr in der Vergangenheit gesprochen wurde. Dennoch war auf eine Homepage hingewiesen. Als Judith sie geöffnet hatte, sah sie sich schnell um, ob jemand auf ihren Bildschirm schaute, auf die lodernden Flämmchen auf schwarzem Grund. „Die Thule-Gesellschaft lebt!" war die Botschaft, ein gewisser Rudolf von Sebottendorff sei weder 1936 noch 1945 gestorben. Sie verließ die Seite, ging zu Wikipedia, wischte sich den salzigen Schweiß aus den Augen und las mit Mühe von der Geheimgesellschaft mit rassistisch antisemitischer Gesinnung, der Keimzelle des Nationalsozialismus. Viele spätere Nazigrößen wie Alfred Rosenberg, Julius Streicher und Hans Frank hatten ihr angehört. 1925 wurde sie aufgrund mangelnder Unterstützung aufgelöst.

Unten auf der Seite verwies ein Link auf das Thule-Seminar. Dessen Homepage war ebenso eindeutig dem Rechtsextremismus zuzuordnen. Hoffentlich, dachte Judith, sind alle im Raum derart mit ihren eigenen Recherchen beschäftigt, dass sie nicht aufblicken. Auf einer schwarzen Fläche trat ein hellgraues Sonnenrad aus zwölf Runen, wie die SS sie verwendet hatte, hervor, in der Mitte des Rades waren auf strahlend blauem Untergrund noch zwei weitere ineinander verschlungene zu sehen. Sie klickte auf das Sonnenrad und kam in die seriös aufgemachte Homepage des Thule-Seminars, der „Forschungs- und Lehrgemeinschaft für die indoeuropäische Kultur e.V." Eine „Deklaration der weißen Völker" war da zu lesen, in der die „Unterordnung des Politischen unter das Rasseprinzip" proklamiert wurde. Weiter unten folgte eine lange Liste von Veröffentlichungen wie „Mut zur Identität – Alternativen zum Prinzip der Gleichheit." Judith ließ den Kopf sinken, fühlte, wie sich alles in ihr verkrampfte, und bekam kaum noch Luft.

Als sie die Seite verlassen hatte, fiel ihr Blick auf die Vorschau für die Homepage des „Landesamts für Verfassungsschutz Hessen". Da wurde das Thule-Seminar eine „rechtsextremistische Ideenschmiede" genannt. Der Vater – ein Rechtsextremist in Nadelstreifen. Arme Paula.

Und Goethe? Goethe ist für alle da. Zwanzig Minuten blieben ihr noch, und sie gab „Thule-Seminar Goethe" ein, kam wieder auf die Seite des Thule-Seminars, suchte hastig und fand Goethe in der Ankündigung eines Buches von Alain de Benoist erwähnt, als einen Vertreter von „Europas wahrer Religion", „die den Menschen erhöht und mit der allein eine sinnvolle Selbstverwirklichung möglich ist".

Judith hatte von Paula, die sich seit Anfang der achtziger Jahre intensiv mit der Neuen Rechten beschäftigt hatte, genug gelernt, um zu ahnen, worum es hier ging. Selbstverherrlichung des faustischen Elitemenschen, der alles darf, weil alles, ob gut oder böse, Leben und Tod, gleich und ungleich, Teil der kosmischen Gottgestalt ist. Alle, die großen Eliteteilchen und die kleinen Dienenden sind vereint in dem Ganzen, alle, besonders die kleinen Dienenden, müssen sich ihm unterordnen. Alles ist Teil des göttlichen Willens, alles, und sie hörte Paula sagen, weißt du, was das heißt? So kann alles

118

gerechtfertigt werden, sogar die Verbrechen der SS-Schergen.

Judith fühlte sich elend, fröstelte in der Schwüle, wollte aufhören, schaute dann doch wieder auf die Liste der Suchergebnisse „Thule-Seminar Goethe" und blieb am „Heidentreff" hängen, in dem „Kontaktportal des germanischen Heidentums". Da diskutierten Jungspunds, Supermoderatoren, Administratoren fünf Seiten lang über die Frage, ob das Thule-Seminar rassistisch sei. Anti-egalitär sei es, nicht rassistisch, schreibt die „Sonnenkriegerin von Schwarzenstein". Jearifa „eine Norddeutsche aus Urthüringen" lehnt das Thule-Seminar eher ab, es sei zu intellektuell, außerdem geht ihr der Glaube über die Politik, und sie hält sich an Goethe fest, Goethe ist für vieles gut: „Wer nicht mehr liebt und nicht mehr irrt, der lasse sich begraben", anscheinend ihr Sinnspruch, der immer wiederkehrt, wenn sie sich meldet, hoffentlich hält sie sich an ihn und merkt, dass auch der Heidentreff ein Irrtum war. Tate Tränensohn raunt immer wieder seinem „Allvater" zu.

Es reichte nun wirklich. Außerdem lief die Zeit ab. Judith konnte gerade noch die Cookies löschen, dann stand sie ganz benommen auf und hoffte auf frische Luft draußen, aber es war schwül in der Gasse, der Himmel grau und Venedig eng und trüb.

Sie stolperte die nächste Brücke hinauf, kämpfte gegen Tränen an, irrte durch überfüllte Gassen und kam schließlich an der Riva degli Schiavoni heraus. Sie suchte sich mühsam einen Weg durch eine Touristengruppe, landete vor Verkaufsständen und blieb, angezogen von deren Grässlichkeit, wider Willen stehen: eine Küchenschürze mit einem riesengroßen Penis, darauf stand „Art Italiana – Michelangelo – Davide". Sie fing an zu schluchzen, schluchzte heftig, bis sie wahrnahm, dass ein junges Paar stehen geblieben war und zu ihr herüber schaute, zu der komischen Gestalt, die vor Penisschürzen heulen musste.

Sie setzte ihre Sonnenbrille auf und ließ den trüben Tag noch trüber werden, flüchtete zum Anleger, nahm das Vaporetto zur Basilica della Salute und eilte bis zum Campiello Barbaro. Dort setzte sie sich auf den Rand bei den Stufen zum Rio und dachte, den Kopf in beiden Händen, an die Mutter.

Sie sah Paula vor sich, hörte Paula Julius Fučik zitieren: „Um eines bitte ich: Ihr, die ihr diese Zeit überlebt, vergesst nicht. Vergesst die Guten nicht und nicht die Schlechten." Paula hatte ihre Arbeit gegen das Vergessen den immer noch Schlechten gewidmet. Sie sammelte auf einer Pinnwand Informationen über Vereine und Organisationen, die nach 1945 weiter nationalsozialistische Ideologie verbreiteten, nicht auf der Straße, sondern fein und leise in „bester Gesellschaft". Die Wand wurde zu klein, eine zweite kam hinzu, und auf der war auch das Thule-Seminar zu finden, wie Judith sich nun erinnerte. 1989 übertrug Paula alles in einen Computer, aber die Pinnwände blieben, so habe ich es immer vor Augen, sagte die Mutter erbittert, zog jeden vor die Wand, ob er es sehen und hören wollte oder nicht.

Hatte Eduard sich ihr als einer der Schlechten zu erkennen gegeben? Hatte sie darum den Nichtvollzug ihrer Ehe durchsetzen können?

Ein Gefühl tiefer Trauer überkam Judith. Sie hätte ihre Mutter so gern in den Arm genommen.

Nach einer Weile stand sie auf. Ihr war kalt geworden. Sie suchte einen Unterschlupf, fand ihn nach einer Viertelstunde in der Pizzeria Al Profeta und fühlte sich aufgehoben in der kleinen Gaststube mit der niedrigen braunen Balkendecke. Der Wirt bediente sie unaufdringlich und sanft, so als müsse er sie trösten.

Die Sonne hatte es noch immer nicht durch den Dunst geschafft, als sie hinauskam, ein trüber Tag, gerade richtig für die Pflichtaufgabe, die sie noch zu erfüllen hatte: im Faust II eine Antwort auf eine Frage des Vaters zu finden.

Er hatte ihr nach der Gondelfahrt ein gelbes Reclamheft in die Hand gedrückt, Faust – der Tragödie zweiter Teil, er habe es eigens für sie gekauft, da ein zweiter Band der Hamburger Ausgabe sein ohnehin umfangreiches Gepäck zu sehr belastet hätte. Mit Genugtuung habe er zur Kenntnis genommen, dass Faust, das deutsche Nationalkunstwerk, in der Reihe der Reclamhefte den ihm gebührenden Platz erhalten habe, Heft 1 „Der Tragödie erster Teil" und Heft 2 „Der Tragödie zweiter Teil".

Dann kam er zu seinem Anliegen. Aufgrund ihres Studiums der Germanistik sei sie sicher in der Lage, ihm die Frage zu beantworten, ob Faust als ein moralisch guter Mensch zu betrachten sei, der, in die Fänge des Bösen geraten, am Ende zu Recht erlöst werde. Zu Recht werde er am Ende erlöst, sagte der Vater, so als habe er sich die Frage schon lange vorher selbst beantwortet.

So fragt ein braver Schüler, der nur wenig verstanden hat, dachte Judith, als sie am frühen Nachmittag im Schneidersitz auf ihrem Bett saß und in dem Reclamheft blätterte.

Da war die erste Szene, da waren die Verse, an die sie sich so gut erinnerte: *Entfernt des Vorwurfs glühend bittre Pfeile, Sein Inneres reinigt von verlebtem Graus.* Ariel, von Äolsharfen begleitet, singt vom heilenden Schlaf des Vergessens, den die Gnade der Natur dem dreifachen Mörder zuteil werden lässt. Eine betörend schöne Szene. Eine unerträgliche Szene angesichts der unzähligen Täter und Schreibtischtäter, die sich nach 1945 reuelos dem Schlaf des Vergessens hingegeben hatten und in der Bundesrepublik, in neuem Glanz erstrahlend, weiter strebten. Faust erstrahlt auch neu, er verliert im Vergessen seine Identität. Er wird zur Maske, zur Maske des Reichen in der Gestalt des Pluto, zum Magier und am Ende dann zum erbarmungslosen Landgewinner, der wieder Morde zulässt und trotz allem erlöst wird.

Judith stand auf, ging in dem kleinen Zimmer wie in einem Käfig hin und her und war wieder die kleine widerspenstige Studentin, die in einem Seminar zum Faust II ein Referat über den Schluss hatte übernehmen müssen, eine echte Überforderung. Sie hatte brav die Lehre von der „Wiederbringung aller" im seligen „Allverein" dargelegt, sie dann aber weniger brav mit dem Argument, dass sie die christliche Ethik negiere, kritisiert und dabei fast ihren Seminarschein riskiert. Moral habe in der Wissenschaft nichts zu suchen, war von dem strebsamen Assistenten, der für den Professor die Arbeiten korrigierte, am Rand mit einem Ausrufezeichen vermerkt, da, wo sie geschrieben hatte, dass Goethes Faust II eine großartige Warnung vor amoralischem Fortschrittsglauben hätte sein können, wenn Goethe das Ende weniger versöhnlich gehalten hätte. Noch dazu hatte sie in einer Anmerkung nicht ganz ernst gemeinte Überlegungen zur Inszenierung des Schlusses angestellt. Er müsse gegenläufig angelegt werden. Während die Marien, die Büßerinnen und Gretchen von seinem Aufstieg in die höheren Sphären singen, entgleitet den Engeln die sterbliche Hülle des Faust, sie versuchen sie zu erhaschen, Verwirrung greift um sich, und als der CHORUS MYSTICUS verkündet *Das Ewig-Weibliche zieht uns hinan,* ziehen rosenfarbene Teufelchen den Faust nach unten. Einfach lächerlich, lautete der sehr unwissenschaftliche Kommentar des Assistenten.

Am Ende jenes Semesters wechselte Judith die Universität.

Sie legte das Reclamheft beiseite, schloss die Augen und versuchte zu erfassen, was den Vater zu der Frage nach der Erlösung bewegt haben könnte, aber Müdigkeit und rote Teufelchen, die den Vater umtanzten, schoben sich vor ernsthaftere Gedanken. Sie stand auf und sah aus dem Fenster. Es war nicht mehr ganz so trüb draußen. Frische Luft würde die Teufelchen vertreiben.

Vielleicht, sagte sie sich im kühlen Wind, als ihr Kopf wieder klar war, hat er, in „die Fänge des Bösen" geraten, in seinem Bauunternehmen schlechtes Material verwendet, etwas ist eingestürzt, hat Menschen unter sich begraben. Oder Baustellen waren nicht gesichert und Arbeiter sind zu Tode gekommen.

Und Paula hat den skrupellosen Unternehmer verlassen. Aber eines solchen Vergehens konnte er sich nur später schuldig gemacht haben, denn 1953, zum Zeitpunkt der Hochzeitsreise, leitete sicher noch Eduards Vater das Unternehmen.

So erging sie sich wieder in Vermutungen und hatte nicht den Mut, das Offenkundige zu Ende zu denken.

Auch nicht, als sie sich auf einmal im Rio Terà dei Assassini, in der Mördergasse, wieder fand. Das Unbehagen, das der Name in ihr hervorrief, hatte ihre Neugier, die sie doch sonst in alle Gassen und Winkel führte, gezügelt und sie den Ort bisher meiden lassen.

Nun schaute sie zum ersten Mal hinein, in eine breitere Gasse, unter deren ärmlichen Häusern sich ein ziegelroter gotischer Palazzo hervortat, klein und bezaubernd mit seinen Spitzbögen. Im Erdgeschoss lud eine Osteria mit rot gedeckten Tischen zum Einkehren ein. In den Blumenkästen des benachbarten Hauses leuchteten rote Begonien neben Zitronenbäumchen.

Zum Kanal hin verengte sich die Gasse zwischen unansehnlichen Seitenfronten von Palazzi, die ihre Pracht nur ihrem Gegenüber oder Passanten im Boot zeigten. Judith trat auf den breiten Holzsteg am Kanal und versuchte einen Blick auf die Palastfronten zu werfen, wagte aber nicht sich weit vorzubeugen und musste sich mit dem Anblick des alten Palazzo direkt gegenüber begnügen. Er strahlte Lebendigkeit aus mit der dicken Reihe roter Geranien, geöffneten Fenstern hier, halbgeöffneten grünen Fensterläden da.

Eine sympathische Gasse, befand sie. Nichts erinnerte an die Mörder, von denen sie ihren Namen hatte, wer auch immer sie waren.

Zwei Stunden später, nach einem langen Spaziergang, kam sie wieder in die Gasse der Mörder. Sie hatte den Vater auf dem Campo Sant'Angelo getroffen, erschöpft wirkte er, er wolle ihr etwas zeigen, sagte er. In der Calle Verona ging er nicht geradeaus, wie sie erwartet hatte, sondern bog links ab, zum Kanal hin, in den Rio Terà dei Assassini. Er blieb stehen. Gleich würde er eine Kehrtwendung machen, wie immer, wenn er wider Erwarten in eine Sackgasse geraten war, würde mit dem leeren Blick, der ihr bedeuten sollte, kein Wort über seinen Irrgang zu verlieren, in die andere Richtung gehen. Er konnte es einfach nicht als einen Reiz von Venedig empfinden, dass man nicht immer weiß, wo man ankommt. Diesmal schien Eduard Renner angekommen zu sein, er stand immer noch da, schaute sogar zu den unscheinbaren Häusern auf. Etwas schien ihn erregt zu haben, er atmete schwer und griff sich an die Brust.

Es wird ihm doch nichts fehlen, dachte Judith, komm, wir setzen uns dort hin und trinken etwas, und sie wies auf die Osteria kurz vor dem Kanal. Der alte Mann hört mich nicht, ich muss mich bemühen laut und deutlich zu sprechen. Schon wollte sie die Aufforderung, sich hinzusetzen wiederholen, als sie merkte, dass er sich nur an die Brust gegriffen hatte, um seine Brieftasche hervorzuholen, erregt war er, aber er würde nicht gleich umfallen. Leicht zittrig suchte er in den Fächern, ein Foto entglitt seinen Finger und fiel ihr zu Füßen, sie bückte sich schnell, ergriff das Foto und wäre beim Hochkommen beinahe mit ihm, der auch Anstalten gemacht hatte sich zu bücken, zusammengestoßen. Sie trat zurück, hielt das Foto, ein altes Schwarz-Weiß-Foto mit gezacktem Rand, statt es ihm zu reichen, fest in der Hand, widerstand dann doch der Versuchung, es ohne Erlaubnis des Besitzers zu betrachten. Der gab ihr gleich darauf den Befehl es anzusehen. Sie solle, ja sie müsse es sich anschauen, das sei das letzte Foto, das er von ihrer Mutter gemacht habe. Eine Stunde danach habe sie ihn verlassen.

Was werde ich sehen, fragte sich Judith, ein weinendes Gesicht, ein wütendes, warum der drängend drohende Ton. Sie schaute den Vater an und merkte, dass sie seine Äußerung falsch gedeutet hatte, er sah sie bittend, fast unsicher an. Sie werde sehen, wie schön ihre Mutter gewesen sei. Und Judith sah eine schöne junge Frau, das schwarze Haar hochgesteckt, ein schmales Gesicht mit großen dunklen Augen, um den Mund ein leichtes Lächeln.

Er habe sie glücklich gemacht, das könne sie doch sehen. *O Mädchen, Mädchen, Wie lieb ich dich! Wie blinkt dein Auge, Wie liebst du mich!* Das habe er ihr immer und immer wieder gesagt.

Was für ein Theater, dachte Judith, schon das wäre ein Grund gewesen ihn zu verlassen, seine Liebe nur mit fremden Worten sagen zu können.

Sie trat etwas zurück, lehnte sich an eine Hauswand, atmete tief aus und schloss die Augen. Sie wünschte einfach zu verschwinden, nicht mehr mitspielen zu müssen.

Als sie wieder aufblickte, sah sie den Vater, wie er immer noch am selben Fleck stand und in sich zusammengefallen schien, ein armer alter Mann. Aber das Mitgefühl ging unter im kurzen Erschrecken, als er auf sie zu kam, ihren Arm ergriff und sie zum Kanal zog, so als ob er sie wie in dem Traum ins Wasser stoßen wollte. Sie versuchte sich von ihm zu lösen, er hielt sie fest, zerrte sie zu der Osteria, die auch nach den Mördern benannt war, hier müsse er sprechen, hier am Ort des Geschehens, hier habe er mit ihrer Mutter in jener letzten Stunde gesessen.

Also setzen wir uns auch dort hin, sagte Judith, die sich endlich aus der Umklammerung hatte lösen können, und du erzählst mir, was damals geschehen ist. Das sei nicht beim Essen zu besprechen, er könne jetzt nicht essen. Wir müssen uns aber hinsetzen, selbst ich bin schon müde vom Gehen und Stehen, wie muss es dir dann erst ergehen, lass uns einen Platz suchen, wo wir sitzen können, ich kenne ja jetzt den Ort des Verbrechens.

Warum sie von Verbrechen rede, wie sie darauf komme, er habe keine Verbrechen begangen, empörte sich der Vater.

Judith versuchte ihn zu beruhigen, sie habe sich versprochen, weil der Name der Gasse an Verbrechen denken lässt. Aber lass uns nun, da ich den Ort des Geschehens kenne, eine Bank suchen, auf dem Campo Santo Stefano gibt es Bänke, oder besser noch die Bar, wo wir draußen einen Tisch am Rande finden werden, bitte komm. Um ihre Worte zu bekräftigen, fasste sie ihn leicht an der Hand, er zog sie zurück, folgte ihr aber, scheinbar wieder gefasst, durch das enge Ende der Mördergasse, dann über den Campo San Angelo. Hinter der Brücke drängten sich Touristen, nur ein kurzes Stück mussten sie sich hindurch schlängeln, dann öffnete sich der Campo Santo Stefano und die Bar Paolin war erreicht. Es gab noch viele freie Tische, auch am Rande, wo sie ungestört würden reden können. Ohne den Vater zu fragen, bestellte sie einen Weißwein für ihn und einen Spritz für sich.

Sie überlegte, wie sie dieses Rührstück zu einem schnellen Ende bringen, erfahren könnte, was sich zwischen den beiden abgespielt hatte, vielleicht mit der direkten Frage, und sie fragte direkt, was hast du ihr angetan.

Er habe ihr nichts angetan, er habe sie geliebt, das müsse sie doch endlich begreifen, er habe ihr vertraut, ihr etwas anvertraut, das sei sein Fehler gewesen.

Sei gefühllos! Ein leicht bewegtes Herz Ist ein elend Gut Auf der wankenden Erde, das habe er ihr an jenem Ort gesagt.

Wenn es so weitergeht, ist das schnelle Ende noch fern, Goethe muss weg, könntest du mir, ohne Goethe zu zitieren, sagen, was du ihr anvertraut hast? Dass du gefühllos bist?

Der Vater ging nicht auf die Frage ein, hielt sich weiter an Goethe fest, Goethe sei ihm in allen Lebenslagen ein Führer gewesen. Auch Paula hätte noch viel von ihm lernen können, wenn sie sich ihm nicht verweigert hätte. Die Tochter erinnere ihn doch sehr an die Mutter, leicht erregbar sei sie gewesen, habe des Öfteren die Regeln der sachlichen Auseinandersetzung verletzt, das Gefühl sprechen lassen, wo Verstand vonnöten gewesen wäre.

Judith wurde es eng um die Brust, die Enge stieg auf in den Kopf, es machte ihr Mühe sich zu beherrschen, und da sagte sie sich, was auch immer geschehen sein mag, es ist ein Glück für mich, dass Paula ihn verlassen hat, welch ein Glück, dass ich nicht bei ihm aufwachsen musste.

Was will er eigentlich von mir. Vielleicht soll ich ihn freisprechen von jeder Schuld, einsehen, dass Paula keinen Grund hatte vor ihm zu fliehen.

Sie war wieder ruhig geworden, lehnte sich zurück und trank den letzen Schluck Spritz, während der Vater deutliche Zeichen von Unruhe zeigte, aufsprang, nach dem Kellner rief, als der sich nicht sehen ließ, strafende Blicke ins Leere verschoss und zur Kasse in den Innenraum der Bar ging, um zu bezahlen.

Was nun, fragte sich Judith, ich habe ihm seine Inszenierung zerstört, ihn von seiner Bühne, der Mördergasse, geholt, was ist dort nur geschehen. Wir müssen von vorn anfangen, ich muss kühl und sachlich bleiben, das Gespräch lenken, freundlich fragen, was hast du ihr anvertraut.

Das erfuhr sie nach und nach, als sie auf dem weiten Platz, auf den breiteren Wegen neben ein-ander gingen, vom Campo Santo Stefano zur Ac-cademia-Brücke, über den Campo Sant' Agnese, da war der Vater zum ersten Mal erschöpft und lehnte sich an den Brunnen, weiter zu den Zattere bis zur ersten Bank, da fragte Judith nicht mehr freundlich, dann in den Abend hinein, und Judith nahm keine Außenwelt mehr wahr, nicht die Spiegelungen des Lichts auf dem Wasser, nicht das Klatschen der Wellen, keine Sterne, nur später dann den Mond, wie er blutrot hinter der Erlöserkirche aufging, und der Vater war sich seiner Erlösung gewiss, *das Unbe-schreibliche Hier ist es getan das Ewig-Weibliche Zieht uns hinan,* aber seine Frauen, Mutter wie Tochter, wei-gerten sich ihn hinan zu ziehen, dem immer noch Verblendeten zu vergeben, dem SS-Mordgesellen aus dem Rio Terà dei Assassini, der Gasse der Mörder, der dort in seiner Dienststelle gefühllos Denunziationen entgegengenommen hatte, der mit seinen Schergen frühmorgens losgegangen war, um das jüdische Altersheim zu stürmen, um ganze Fa-milien zu verhaften und in den Tod zu schicken, der noch immer meinte, nur im übergeordneten Interesse des Volkswohls gehandelt zu haben, der seinen Goethe heranzog, um sich zu rechtfertigen.

Auch Goethe habe gesagt, *dulden wir keinen Juden unter uns.*

Das ist ungeheuerlich, du kannst doch nicht unterstellen, dass Goethe den Tod der Juden gewollt hätte.

Er habe keinen Juden getötet, sagte der Vater.

Sie saßen inzwischen auf der letzten Bank an den Zattere, der Vater an dem einen Ende, die Tochter am anderen.

Du hattest die Möglichkeit die denunzierten Juden zu warnen, du hättest viele Leben retten können, warum hast du es nicht getan.

Das habe auch Paula ihn gefragt, er habe von seiner Ehre als SS-Mann gesprochen, der dem Vaterland unbedingte Treue zu halten hatte. Da sei Paula wortlos aufgestanden und weggelaufen.

Sie habe ihm Unrecht getan.

Die Tochter dürfe nicht weglaufen, sie müsse wieder gut machen, was die Mutter ihm angetan habe, sie müsse bei ihm bleiben.

Judith brauchte nicht wegzulaufen, sie war so weit von ihm entfernt. Sie ging neben ihm bis zum dunklen Ende der Zattere, dorthin, wo keine Bänke mehr stehen, zu den Ufern der Unheilbaren, weiter bis dahin, wo einmal im Jahr die Brücke zu der Erlöserkirche errichtet wird, und dort blieb sie mit ihm, für den es keine Erlösung geben würde, stehen.

Sie sprach wieder langsam und freundlich zu ihm, unterließ es, auf die Absurdität seiner Forderung nach Wiedergutmachung einzugehen, versuchte ihm klar zu machen, dass Paula nicht weggelaufen wäre, wenn er eingesehen hätte, dass er sich unendlich schuldig gemacht hatte. Sie fragte ihn, ob er auch nur einmal an die Menschen gedacht habe, die er in den Tod geschickt hatte. Sie fragte ihn, ob es Nächte gäbe, in denen die Toten ihm in ihrer Qual erschienen. Sie fragte ihn, ob er seine Taten jemals bereut habe.

Der Vater antwortete nicht, stand mit dem Rücken zu ihr und schaute auf das dunkle Wasser.

Sie gab nicht auf, obwohl sie doch wusste, dass er sich die Rechtmäßigkeit seines Handelns immer wieder bestätigt hatte, immer wieder bestätigen würde, im Thule-Seminar, ja selbst bei Goethe.

Sie gab nicht auf, baute ihm eine leicht zu begehende Brücke, du hast es selbst gesagt, Faust ist in die Fänge des Bösen geraten, auch du bist verführt worden als junger Mensch, verhetzt, eingefangen in ein unmenschliches System, aber nun, an deinem Lebensabend musst du dich lösen von alledem.

Sie bat ihn, am nächsten Tag mit ihr zusammen ins Ghetto zu gehen und der Ermordeten zu gedenken.

Er antwortete nicht, saß nun zusammengekauert auf einer Brückenstufe.

Fast tat er ihr leid, der alte Mann. Sie versuchte einen Blick von ihm einzufangen, ein kleines Zeichen des Einverständnisses.

Er richtete sich auf und stützte sich auf das steinerne Brückengeländer, er sei müde, sie solle ihm ein Taxi rufen.

Als das Taxi kam, half Judith ihm wie in den Tagen zuvor hinein.

Sie schaute dem Taxi nach, bis es unter der nächsten Brücke verschwand.

Sie blieb noch lange am Wasser sitzen und ging dem Unerhörten nach.

Sie fragte sich, ob Paula ihn hätte zur Einsicht bringen können, wenn sie bei ihm geblieben wäre, ob sie ihn hätte fernhalten können von Thule und all denen, die noch immer an die Überlegenheit der weißen Rasse glauben.

Sie wusste, auch sie wäre damals weggelaufen wie Paula.

Paula, die nicht fassen konnte, dass Eduard, ihr Mann, Juden in den Tod geschickt hatte und keine Schuld bei sich sah.

Paula, die nicht fassen konnte, dass Eduard, ihr Mann, sich noch dazu nicht gescheut hatte, die Flitterwochen mit ihr im Hotel Vittoria zu verbringen, in dem Hotel, wo er während der deutschen Besatzung viele Monate gehaust hatte, mit den SS-Männern, die im Mai 1944 nach Venedig beordert waren, um noch die letzten Juden aufzuspüren.

Paula, die vor ihrer Pinnwand von den vielen geredet hatte, um von dem Einen schweigen zu können.

Judith hatte erst in den frühen Morgenstunden in den Schlaf gefunden und wachte spät auf. Als sie in das Frühstückzimmer gehen wollte, teilte die junge Frau an der Rezeption ihr mit, dass ihre Rechnung von einem alten Herrn beglichen worden sei. Er habe auch einen Brief hinterlassen.

Sie öffnete den grauen Büttenumschlag. Zwei Fünfhundert-Euroscheine lagen darin. Auf einer Briefkarte waren in den ihr bekannten steilen Schriftzügen zwei Zeilen geschrieben: *Denn die Gesinnung, die beständige, sie macht allein den Menschen dauerhaft.* Kein persönlicher Gruß, keine Erklärung, als Unterschrift nur „Goethe".

Sie stieg noch einmal hinauf in ihr Zimmer und blieb lange auf dem Bett sitzen. Dann nahm sie zwei Briefumschläge und steckte in jeden fünfhundert Euro.

Ohne aufzublicken ging sie durch Gassen, die überquollen von Tagestouristen. Erst kurz vor ihrem Ziel konnte sie auf weniger belebte Wege ausweichen.

Auf dem lichten Campo del Ghetto Nuovo blieb sie vor dem Denkmal für die ermordeten Juden stehen: vor einer großen vergitterten Bretterwand, in deren Mitte auf einer Reliefskulptur die Grausamkeit der SS und das Leid der Juden bei der Verladung in Güterwaggons dargestellt war. Sie las auf den Holzbrettern hinter dem Gitter die Namen der Toten, einen nach dem anderen. Sie fragte sich, wie viele von ihnen Eduard Renner in die Vernichtungslager geschickt hatte.

Sie weinte, und sie weinte noch immer, als sie vor der Gedenktafel auf der Westseite des Platzes saß.

Als der Tränenfluss nachgelassen hatte, holte sie den einen Briefumschlag hervor und schrieb die letzte Zeile des Gedenktextes oben auf den Umschlag: „Perché le nostre memorie sono la vostra unica tomba." Denn unser Gedenken ist euer einziges Grab.

Sie ging in das jüdische Museum, fragte dort, welche Gruppe sich der Erinnerung an die Shoah widme, setzte deren Namen als Adresse ein, „Figli della Shoah", und bat, den Brief weiterzuleiten.

Die anderen fünfhundert Euro schickte sie später an die Gruppe NoMose, denen, die Venedig, die Stadt der Freude und Trauer, vor weiterer Zerstörung durch Menschenhand bewahren wollen.

Vom Vater hat sie nichts mehr gehört.

Anmerkungen

Personen und Handlung sind frei erfunden. Historische Angaben und alle sozialen, kulturellen und politischen Gegebenheiten im Herbst 2006 entsprechen der Realität.

29 "Hamburger Ausgabe", herausgegeben von Erich Trunz, in 14 Bänden 1948-1964 bei Wegner in Hamburg erschienen, 1972 von C.H. Beck übernommen und seit 1982 im Taschenbuch bei dtv.

43 Fondamenta sind begehbare Uferbefestigung; die Fondamenta delle Zattere begrenzen den Stadtteil Dorsoduro zum Canale della Giudecca hin. Der Name bedeutet „Ufer der Flöße" und geht zurück auf die Zeit, als die Flößer dort anlegten.

51 Luigi Nono (1924-1990), italienischer Komponist, geboren und gestorben in Venedig

60 Joseph Brodsky: Inzwischen heißt der Teil der Zattere zwischen dem Rio San Vio und dem Rio delle Torreselle „Fondamenta Zattere agli Incurabili", und dort ist auch eine Gedenktafel für Brodsky angebracht.

66 Andrea Palladio (1508-1580), italienischer Baumeister

67 Giovanni Bellini, bedeutender Maler der venezianischen Frührenaissance, geboren um 1430, gestorben 1516

67 Paolo Veronese, geboren 1528 in Verona, gestorben 1588 in Venedig, bedeutendster Maler der Renaissancekunst.

104 Berlusconi: Nach der kurzen Amtszeit der Mitte-Links-Regierung (17. Mai 2006-8.Mai 2008) kam Berlusconi zum vierten Mal an die Macht.

108 MoSe: Der „Corte dei Conti" (entspricht dem Bundesrechnungshof) hat 2009 die Arbeiten an dem Projekt MoSe weitgehend für illegal erklärt. Dennoch werden sie fortgeführt.

116 Thule-Gesellschaft: Im Internet verändert sich schnell etwas. Die Webseite mit den „Flämmchen" ist verschwunden. Dafür hat die Thule-Gesellschaft jetzt einen umfangreicheren Internet-Auftritt.

117 Thule-Seminar: Der Auftritt ist martialischer geworden.

124 Rio Terà: eine meist etwas breitere Gasse, entstanden durch die Zuschüttung eines Kanals.

130 Dienststelle der SS: Die Dienststelle der SS hatte vom Mai 1944 - Juli 1944 ihren Sitz im Ca' Giustinian. Nach der Zerstörung des Palastes (vgl. S. 47) soll sie sich im Rio Terà dei Assassini befunden haben, laut einer Angabe im Venedigführer von Guido Fuga e Lele Vinello: „Corto Sconto, Itinerari fantastici e nascosti di Corto Maltese a Venezia", Roma 1997, S. 121.
Dafür war keine Bestätigung zu finden. Die Suche in Archiven und Befragung von venezianischen HistorikerInnen blieb ergebnislos.

Regine Wagenknecht

Zitatnachweise

Alle Goethe-Zitate werden nach der vierzehnbändigen Hamburger Ausgabe (HA) angegeben: Goethes Werke, kommentiert von Erich Trunz, erschienen von 1948-1964 im Christian Wegner Verlag Hamburg.